10,00

RESULTADO BRUTO

Laurent Quintreau

RESULTADO BRUTO

Tradução de
Bernardo Ajzenberg

Rocco

Título Original
MARGE BRUTE

Direitos para a língua portuguesa reservados
com exclusividade para o Brasil à
EDITORA ROCCO LTDA.
Av. Presidente Wilson, 231 – 8º andar
20030-021 – Rio de Janeiro – RJ
Tel.: (21) 3525-2000 – Fax: (21) 3525-2001
rocco@rocco.com.br
www.rocco.com.br

Printed in Brazil/Impresso no Brasil

preparação de originais
ANA LETÍCIA LODI MARTELO

CIP-Brasil. Catalogação-na-fonte.
Sindicato Nacional dos Editores de Livros, RJ.

Q69r Quintreau, Laurent
Resultado bruto/Laurent Quintreau; tradução de Bernardo Ajzenberg. – Rio de Janeiro: Rocco, 2009.

Tradução de: Marge brute
ISBN 978-85-325-2416-4

1. Romance francês. I. Ajzenberg, Bernardo, 1959-. II. Título.

09-0615 CDD–843
CDU–821.133.1-3

À V.

Para J.

A meio caminhar de nossa vida
Fui me encontrar em uma selva escura:
Estava a reta minha via perdida.

DANTE, *A divina comédia**

* Trad. de Ítalo Eugênio Mauro da obra de Dante publicada pela Ed. 34 Letras, 1998. (N. do T.)

Sumário

(11 horas: numa sala de reunião, onze executivos estão sentados em torno de uma mesa)

1. O Inferno

(*Círculo I: Limbo – Meyer*)

... pronto, Rorty acaba de chegar, agora estamos todos aqui, a reunião pode começar, não estou nervosa, já não estou mais nervosa, minhas carteiras estão atualizadas e minhas contas positivas, já não sinto o coração bater tão forte, esse calmante realmente funciona, pronto, Rorty se sentou, a reunião pode começar, Rorty veste uma camisa branca e um terno azul-marinho com finas listras cinza, bem justo, cabelo grisalho penteado para trás ao estilo de um advogado de segunda categoria, a gravata é terracota com minúsculos motivos amarelos, não sei do quê, é difícil enxergar, joaninhas, não, bolas de tênis, é isso, bolinhas de tênis, Rorty emposta a voz, deseja as boas-vindas a todos, agradece a todos por terem conseguido se liberar de suas tarefas do dia a dia para participar desta reunião de estratégia, ainda sinto alguma acidez no estômago, devia tomar menos café, tentar me restringir a três por dia, dois pela manhã e um depois do almoço, Rorty repete o quanto é importante que os gerentes aqui presentes se sintam envolvidos na operação da empresa, uma empresa que fez um ano excelente com um resultado operacional de mais de quinze por cento no último trimestre, mas que deve, mais do que nunca, confirmar esse avanço, não é hora de baixar a guarda, devemos fazer sempre mais, sempre melhor, temo, Rorty faz uma careta discreta, que estejamos condenados à excelência, vários presentes sorriem, Pujol caçoa, Brémont se retorce na cadeira, Castaglione assume um ar de entendida, os olhinhos fundos e o nariz pontudo lhe conferem um aspecto de raposa ardilosa, Tissier aquiesce molemente, De Vals se parte ao meio numa careta convulsiva e dissimulada, Stoeffer franze as sobrancelhas, Françoise Clément-Dourville suspira, Roussel olha para um canto da mesa, Alighieri exibe um sorriso esquisito, meio bobo, até que não é nada mal esse rapaz, sempre me faz pensar no David, o mesmo tipo de rosto, o mesmo jeitão, de se mover, de falar, a mesma intensidade quando olha para os outros, David, esse pelo menos sabia me amar, talvez até demais, tão possessivo, ciumento, apaixonado, quase me sufocava, se eu tivesse tido coragem de enfrentá-lo, em vez de ir embora do dia para a noite como uma ladra, ainda estaríamos juntos, eu não teria conhecido Denis, não estaria trabalhando aqui, ainda estaríamos morando em Nova York, teria tido outra filha em vez de Chloé, talvez um menino, moraria numa bela casa em Greenwich Village, rodeada de árvores e muito verde, Rorty repete sua vontade de elevar a empresa ao mais alto nível de competitividade e de especialização para nos tornarmos líderes do setor, sim, líderes em comunicação corporativa, mas para isso precisamos continuar a conquistar parcelas do mercado, ganhar novos clientes, ser os mais agressivos, os mais vigorosos, é uma questão de vida ou morte para a empresa e para os homens que a compõem, estamos todos no mesmo barco, os resultados são encorajadores, mas o mercado continua ameaçador, o futuro totalmente incerto e as despesas operacionais pesadas, muito pesadas, sem falar nos encargos salariais, infelizmente, estamos todos no mesmo barco, mas quando o barco está pesado demais todos caem na água, reestruturar uma empresa é extrair dela o que ela tem de melhor, somente o melhor, tomara que Chloé se dê bem com a nova babá, com a última ela gritava que não queria ficar com aquela mulher má, se agarrava em mim, era horrível, e no entanto aquela mulher não tinha nenhum jeito de torturadora, mas, enfim, vai saber o que se passa na cabeça de uma criança, Rorty lembra que assumiu a direção da empresa há apenas um ano e se felicita com o fato de que muitas coisas já mudaram, mesmo que ainda falte quase tudo para fazer, há um bom, um excelente potencial que os números parecem confirmar, quinze por cento de resultado operacional, quase dez milhões de resultado bruto no último exercício fiscal, há muito talento, muita força de vontade, mas também um grande desperdício de energia e disfunções aberrantes que travam a nossa atuação, o grupo planejou um corte nos efetivos e nos encargos salariais de todas as suas filiais para 2008, só a esse preço é que poderá fazer frente ao seu endividamento e manter a política de crescimento externo, tudo isso foi dito em reunião do conselho de direção, é o desejo dos acionistas, e é verdade, no grupo a gente não brinca com os acionistas, Rorty foi trazido direto de Nova York para transformar a empresa num viveiro de dividendos, isso tudo sob o olhar onipresente da holding, *Big Money is watching you*, Rorty se exalta, é essencial fortalecer o processo e redinamizar os fluxos, conquistamos clientes, algumas prospecções feitas ainda nesta manhã, e ele troca um olhar cúmplice com De Vals, responderam positivamente às nossas propostas, mas ainda há muito a fazer para otimizar o nosso volume de *new business*, ainda nos falta, digamos, tudo a fazer para sermos, sem meias palavras, mesmo que esta já esteja gasta demais e possa parecer meio ultrapassada, os melhores, estou com dor nas costas, talvez seja o nervo ciático, espero que não, preciso pedir logo as coordenadas do médico de osteoporose da Alex, dizem que é excelente, Stoeffer está tendo um superataque de tosse que se encerrou com um som orgânico desagradável, tenho nojo dele, dá vontade de vomitar, Rorty olha para ele com uma falsa compaixão, Rorty é um homem sedutor, um quarentão no auge, Paris-Nova York-Courchevel-Neuilly, Rorty cuida da alimentação, Stoeffer fuma mais de dois maços de cigarro por dia e come por quatro, bife com fritas e profiteroles à vontade, sem contar o uísque que ele esconde no armário, Stoeffer tem uma expectativa de vida uns vinte anos menor que a de Rorty, pode escolher, câncer, acidentes cardiovasculares, Alighieri olha para Rorty com ternura, sim, ternura, é incrível, mas é isso mesmo, ele também parece ver Stoeffer com bastante benevolência, Alighieri, e pensar que essa noite eu sonhei com ele, ele usava um chapéu em forma de tubo e levava na coleira um cachorrinho branco que latia para uma nuvem, lembro que havia também um carro, uma BMW preta com vidro fumê, e aí tudo se acelerou, não sei mais o que aconteceu, acho que Alighieri levitava ao lado do carro, é isso, agora eu revejo bem, imóvel e iluminado, lembrava aqueles santos de iluminuras que podem ser vistos em algumas igrejas romanas, em sonho ou não, esse Alighieri é um enigma, está hoje ainda mais lunar do que de costume, tenho certeza de que ele passa as noites à toa, sem fazer nada, Rorty se deixa penetrar cada vez mais pela intensidade do seu próprio discurso, seus olhos azuis de aço se fixam em cada um dos olhares presentes, a intensidade do discurso de Rorty se infiltra na pele, nos desejos e nos medos, Rorty estudou em Harvard, onde aprendeu as regras básicas de gestão, não se podem fazer omeletes sem quebrar os ovos, diz Rorty escandindo as sílabas, nesta viagem nós teremos de ficar apenas com os melhores, é a lei do mercado, vocês sabem, eu sei que vocês sabem disso, e vocês sabem que eu sei que vocês sabem, mas existem fundamentos que nunca devemos deixar de repetir, conclui ele, antes de passar para o primeiro ponto da pauta, o corte de pessoal na área jurídica, seus olhos são sempre frios, a perspectiva de enxugar a massa salarial não parece causar compaixão nenhuma nele, nem diverti-lo, no fundo ele me dá um medo terrível, não ouso enfrentá-lo pois sinto que por trás desse cara de WASP contido existe uma violência extrema, esse homem é um predador impiedoso, existe nele alguma coisa de implacável que me apavora, e além disso não quero ser demitida, como a gente faria com um salário só para pagar o empréstimo do apartamento, do carro e todas as outras despesas fixas, não, impossível, o bigode de Stoeffer vibra de tanta raiva, ele me lembra alguém, mas quem, ele se instalou bem na frente de Rorty, os dois homens se olham novamente, ah, sim, é claro, Honoré de Balzac, Stoeffer me lembra Honoré de Balzac no fim da vida, tem o mesmo tipo de rosto, ao mesmo tempo epicurista e vulcânico, e os bigodes, claro, os bigodes, é isso, se eu relesse *A comédia humana*, isso me faria mudar um pouco as ideias, ou então Flaubert, por que não Flaubert, nunca consegui terminar *Madame Bovary*, preciso achar tempo, talvez antes de dormir, Rorty interpela Françoise, querida Françoise, o que temos de novo desde a última reunião, em que pé estão os dois casos daquelas saídas por aposentadoria antecipada, Françoise se apruma nervosamente na cadeira, as duas pessoas foram informar-se sobre seus direitos, não querem mais sair, as gratificações propostas pela empresa não são o bastante, elas pedem uma compensação financeira real, não têm mais nada a perder, estão prestes a entrar com advogados, ao som da palavra advogados, Rorty franze e desfranze as sobrancelhas, dobra e desdobra as pernas, ajusta a camisa e cruza os braços, tudo isso num piscar de olhos, seu tom se torna irônico e rude, até prova em contrário, não são os funcionários que decidem se vão ou não ficar na empresa e qual é a quantia que podem requerer quando a deixam, Françoise tem um aspecto tão cansado, só lhe faltava mesmo sofrer mais essa pressão, justo ela que está perdendo o marido, eu não gostaria de ser como ela daqui a vinte anos, na verdade, o que eu vou fazer, onde estarei daqui a vinte anos, só de pensar nisso já me sinto arrasada, Rorty se agita, tudo bem, tudo bem, seus olhos brilhando um pouco mais, já que alguns funcionários querem jogar, nós vamos jogar também, podem sobrecarregá-los de trabalho e leve-os a cometer erros, que a gente logo encontra uma justa causa, eles entram na Justiça, que raramente dá mais do que um ano e meio de salário, mesmo tendo trinta anos de casa, Françoise explica que agora ficou mais custoso demitir funcionários com mais de cinquenta anos por causa de uma multa fiduciária que tem de ser recolhida junto à Unedic,* a contribuição Delalande, a empresa que demite alguém a partir dos cinquenta tem de recolher essa contribuição, está na lei, Rorty está fervendo, tudo bem, tudo bem, viva o direito dos trabalhadores, sendo assim vire-se você então para demitir os quarentões de salário mais alto, Françoise empalidece, meu Deus, que rosto cadavérico, as olheiras dela se aprofundam a olhos vistos, De Vals se diverte olhando para ela com cinismo, Pujol dá risinhos de troça bestamente, que imbecil, cabelos escuros ondulados, olhos azuis lavados, traços regulares, grosseiros, a falsa irresistibilidade do sedutor barato, estátua rechonchuda e desagradável de um pseudobelo, Alighieri está sempre alheio, olha através da janela um arco-íris que ninguém vê, e se eu tivesse um

---

* Instituição que gerencia o seguro-desemprego na França. (N. do T.)

amante, um homem charmoso, doce e atencioso, a gente se encontraria em alguns dias da semana, às vezes no fim de semana, seria um produtor, um diretor ou um escritor, moraria num duplex na praça Saint-Sulpice, a gente se encontraria no bulevar Saint-Germain para beber e falar sobre tudo e sobre todos, andar horas e horas pelas ruas, entrar num cinema de arte e ensaio do Quartier Latin e fechar a noite na casa dele, no seu duplex, ouvindo a noite e aprendendo a nos conhecermos, ficaríamos tão nus e relaxados como dois adolescentes que descobrem o amor, vamos lá, são só dois quadros muito bem remunerados, minimiza Rorty, contrataremos estagiários no lugar deles, eles podem trabalhar bem se forem orientados, um terço do salário mínimo e já engajados na operação, aliás, preciso chamar Sylvie Dumas, as ordens de pagamento de encomendas de clientes estavam de novo cheias de erros, não é porque ela está se divorciando que tem que fazer besteira, falar com ela em particular lembrando que precisa entregar um mínimo de trabalho em troca dos emolumentos que recebe, está no contrato, quanto ela já recebeu, acho que uns dois mil euros, dois mil euros para chegar às dez e sair às dezoito depois de já ter feito uma hora de almoço, eis uma boa tarifa por hora, enfim, se for para fazê-la entrar nos eixos tem de ser com calma, já posso até vê-la, vai se fazer de vítima mais uma vez com aquele teatro da pobre assistente castigada pela chefe terrível, da última vez ameaçou entrar na Justiça do Trabalho por dano moral, como se a sua atitude não representasse um dano moral contra a empresa, é isso, estou nervosa, Rorty está me observando, seus cabelos estão sempre tão lisos e os olhos tão claros, ele me faz pensar numa porta de vidro de um edifício construído nos anos oitenta no litoral do Pacífico, Françoise suspira e passa a mão na testa, ela dirige o setor há mais de dez anos e até hoje nunca demitiu ninguém, que provação, e além de tudo é excelente jurista, uma mulher tão refinada, tão culta mas tão frágil também, depois que ela fizer a limpeza no setor, Rorty vai se ocupar dela pessoalmente, não tenho dúvida, e aí, para achar um outro emprego aos cinquenta e quatro anos, haja sorte, qualquer RH de qualquer empresa tentará fazer você entender, com um sorriso de compaixão nos lábios, que apesar de todas as suas qualidades pessoais e profissionais você não combina com o cargo, mesmo aos quarenta a gente já está velha demais para encontrar outro emprego, pronto, Rorty está falando com Françoise, ela tem um mês para começar os processos de demissões dos funcionários menos produtivos do seu setor, ela protesta, ela não entende, todo mundo trabalha pelo menos dez horas por dia, os dossiês são sempre tratados em fluxo permanente, ela nunca pagou seus subordinados para não fazerem nada, De Vals balança a cabeça, ele gostaria de nos ajudar com sua experiência em matéria de estagiários, e fala de dois novos contratados de sua equipe, dois jovens recém-formados saídos de escolas superiores de comércio de não sei mais qual cidade do interior, Reims, Nantes ou Poitiers, que fazem um trabalho excepcional, ficam às vezes até a meia-noite e nunca se queixam, uma empresa poderia funcionar muito bem com *pools* de estagiários muito bem enquadrados dentro de uma estrutura ao mesmo tempo transversal e piramidal, De Vals faz troça emitindo um risinho esquisito, parece uma hiena ou um chacal, isso, é mais um chacal, Rorty lhe dirige um olhar cúmplice no mesmo estilo, boa, garoto, você vai longe, Tissier e Brémont aquiescem distraidamente, Castaglione se ajeita na cadeira fazendo um beicinho esquisito, ao mesmo tempo sensual e autoritário, Stoeffer faz uma careta, Alighieri continua na lua, Alighieri, Pujol me olha fixamente, não gosto desse olhar, não gosto desse rapaz, sexo sem nenhuma graça, estupidez, peso morto, o típico Dom Juan de academia de ginástica, um Casanova dos vestiários, realmente, ele me incomoda, preciso me proteger contra a sua presença nefasta, não sei exatamente em que ele me toca, mas sei que não gosto dele, e esse olhar sujo, sinistro, pensamentos escrotos, divertimentos mecânicos, obscenidade burlesca e vazia do sexo sem amor, minha acidez está de volta, sinto uma coceira embaixo das costas, coçar levemente com a caneta, humm, que gostoso, espero que Denis não volte para casa tarde esta noite, nos últimos tempos ele tem estado cansado e resmungão, faz tanto tempo que não acontece nada entre nós, será que a vida de casal obedece às mesmas leis das empresas, com seus contratos por tempo parcial, contratos por tempo integral, demissões por incompetência profissional, o dia mal começou e já me sinto tão deprimida...

(Círculo II – Pujol)

... é hoje que eu vou rever a minha farmaceuticazinha, mas enquanto isso essa Dominique Meyer é bem sexy, meio triste é verdade, mas um bocado sexy, certamente mais sexy do que triste, bom, preciso me segurar um pouco, ela acaba me flagrando, preciso me concentrar nessa reunião de merda, estou tranquilo, sou forte, respiro fundo, não devo hesitar se o Rorty me apertar sobre a campanha do governo de prevenção a acidentes de trabalho que devemos fazer, OK, em tese nós a teríamos ganhado, OK, eu me precipitei um pouco anunciando que já estava assinado, ou quase, *mea culpa*, é a vida, coisa do passado, também não vou me flagelar em público, vamos olhar para o futuro, tendo em vista as prospecções promissoras e as perspectivas de desenvolvimento, aproveitar para lembrar do Marc, como quem não quer nada, claro, Rorty não pode se esquecer que o meu cunhado é um dos diretores de uma das maiores seguradoras de saúde do mercado, não é essa uma das razões, talvez a única pela qual eu fui contratado aqui, posso ver de novo os olhos dele brilhando quando mencionei o Marc na entrevista de emprego, imagina, uma oportunidade tão boa como essa para a empresa, esse Rorty, lá vem ele encher de novo com essa coisa transacional, pedindo para fazermos uma limpeza nas nossas equipes, mas deixando claro que não quer ceder, dois meses no máximo para quem tem até quatro anos, seis meses para os mais antigos, aqui ele aperta demais a corda, não dá para pedir para um funcionário com dez, vinte anos de casa que tope sair com seis meses de indenização, é qualquer coisa, enfim, é problema dele, vou fazer cara de quem está de acordo, meu período de experiência ainda não terminou, mais um mês e pronto, finalmente vou poder descansar um pouco, pelo menos trabalhar com mais liberdade, não sei se fiz bem em vir para cá, nessa empresa de malucos, enfim, bom, não tenho muita opção, não tenho vontade de ficar de novo ganhando uma porcaria numa empresa de merda ou, pior, ficar recebendo indenização da Assedic,* considerando a vida que eu levo não me interessa parar, a pobreza, que pesadelo, o fedor dos SDF (sem-teto), a feiura dos que vivem mal, lepra, gangrena, dermatoses purulentas, ainda bem que Rorty gosta de mim, pelo menos no momento, enquanto ele estiver na minha mão por causa do Marc tudo vai continuar bem, bom, preciso me concentrar nessa reunião de merda e me preparar para responder quando chegar a minha vez, estou tranquilo, sou forte, respiro fundo, esse Stoeffer tem uma cara, parece um buldogue velho enrai-

---

* Instituição que repassa o seguro-desemprego. (N. do T.)

vecido, é isso mesmo, um buldogue velho com cara de poucos amigos e libidinoso, a vizinha da vovó tinha um desses, não conseguia parar de babar e de se agarrar nas nossas pernas toda vez que a gente ia visitá-la, um dia ele violou o macho de uma outra vizinha, um cachorrinho maltês, o rabo dele ficou completamente arrombado, pingava sangue do pobre animal, Rorty se prepara para abordar um ponto da pauta que vai, e ele está intimamente convencido disso, ter a aceitação de todos, ou pelo menos deixar todo mundo bem-humorado, ele quer falar, é claro, do seminário da empresa previsto para setembro, ainda falta definir a data exata e o lugar, quanto à data, a gente podia reservar o último fim de semana do mês, e danem-se aqueles que quiserem tirar os seus dias de RTT,* quanto ao lugar, ele aguarda as nossas sugestões, por que não improvisar um pequeno *brainstorming*, que cada um diga o que pensa sobre o lugar, a gente vota e escolhe pela maioria dos votos, vamos lá, quem quer começar, vamos lá, começando pelas mulheres, e com um gesto que se pretende claro e simpático ele convida Brémont a começar, essa leitoa gorda da Brémont, ela propõe a Tunísia, evidentemente, pela sua cara ela deve ter passado um bom tempo em Djerba tentando achar alguém que topasse ir para a cama, eu, só se fosse bêbado, e olhe lá, só se estivesse em coma, talvez, Castaglione mandaria todo mundo para a Tailândia, no meio do mato, longe da civilização, nada como um deslocamento desses para sair da rotina, que-

---

* Folgas derivadas da legislação de redução do tempo de trabalho. (N. do T.)

brar o gelo e propiciar o surgimento de uma dinâmica de grupo, a Tailândia, não surpreende vindo da parte dela, consigo imaginá-la perfeitamente caminhando a passos largos numa floresta tropical com um short de exploradora e um aspecto sujo de mochileira devoradora de homens, tão antipática quanto excitante, essa moça, já a vejo nua, ali, no meio de todos, a Brémont e a Meyer a atacariam com pepinos e vibradores, um combate de luta livre feminina, eis uma boa ideia, Brémont, Meyer e Castaglione peladas no meio da lama, eu seria o treinador da Castaglione e ela obedeceria prontamente, de pé, sentada, deitada, ela me deixa excitado, mas eu não gostaria de ser o cara dela, ou então só por uma noite, ela deve ser terrível no *tête-à-tête*, aliás, será que vejo o próximo show do K-1 em Bercy, por que não, Thierry tem alguns ingressos, eu acho, Tissier propõe o Senegal, realmente, que sujeito ridículo, coitado, é um coitado mesmo, Senegal, como em *Bronzeados na praia*, e tendo como bônus adicional algum complexo hoteleiro com putas à vontade, país em desenvolvimento, bordel do Ocidente, as africanas eu adoro, mas encarar depois um babaca tipo Tissier, não, muito obrigado, sem chance, como sempre De Vals dá uma de malandro, encontrou a solução ideal, ele se contorce durante segundos intermináveis até finalmente revelar sua ideia de um acampamento no Uzbequistão, fala das tendas de sudação, dos rituais xamânicos, da aldeia global, da Califórnia, onde ele estudou, fala qualquer coisa e depois o seu contrário, não gosto dele também, esse é um cara do mal, ele me lembra um mictório público, Stoeffer pega no contrapé de imediato e sugere a Suíça, ideal, segundo ele, para seminários de empresas, propõe uma escalada do monte Cervin, ideia esquisita para um cara que fuma mais de dois maços por dia, Rorty o esquadrinha de alto a baixo com desprezo, um dia ele ainda dispensa esse cara, é evidente, a menos que Stoeffer morra antes, Clément-Dourville preferiria não ir muito longe, talvez a Bretanha ou a Normandia, isso lhe parece bem mais realista do que países distantes, ela pensa em complexos hoteleiros no litoral especialmente adaptados para esse tipo de atividade, Roussel gostaria de dar uma voltinha do outro lado do planeta, na Austrália ou na Nova Zelândia, o maluco do Alighieri retruca que Austrália tudo bem, mas a Bretanha também, e, no fim das contas, por que não o Uzbequistão ou a Tailândia, completamente fora esse cara, ou então não está nem aí para ninguém, Dominique Meyer acha que seria bom um país mediterrâneo como a Itália ou a Grécia, esquisita essa menina, nunca se sabe o que está pensando, sempre controlada, nunca emite uma palavra em som mais alto do que a outra, sem dúvida nenhuma é a mais comovente nessa respeitável assembleia com seu jeito cansado, a voz arrastada e seus peitos enormes, em tese ela é casada, mas, bom, até prova em contrário isso nunca me impediu de vislumbrar a possibilidade de uma colaboração mais estreita, enfim, por que todos me olham desse jeito, ah, é a minha vez, acho que vou dizer a mesma coisa que Dominique Meyer, não, a Amazônia, de qualquer maneira eu sou o rei do improviso, bom, vamos lá (..

....
....), acho que fui muito bem, consegui divertir todos eles com essa história de um *remake* entre os Jivaros no Koh Lanta, em estado de sobrevida durante o dia e à noite só plantas alucinógenas, coisa de primeira para um seminário de empresa, êxtase químico e orgia coletiva, por qual eu começaria, Meyer, Castaglione ou a gorda Brémont, não, não, nada disso, babaca, ali também estariam todas as gerentes e suas assistentes, aquela loiraça que estava na máquina do café, meio putinha, bem do meu gênero, deliciosa, de comer mesmo sem fome, como a minha pequena cabeleireira do Fifty-Five, uma coisinha para ir para a cama e só e depois colocar um bom tapa-ouvido, vertigem da chateação, essa moça não tinha nada na cabeça, e além disso era totalmente venal, de fato, pagam bem na sua profissão, gosta de crianças, não gostaria de ter uma casa no campo, já conseguia vê-la chegando, visível como uma verruga na ponta do nariz, felizmente usei camisinha, já fiz uma besteira casando, não quero acabar como o pobre do Christopher Baltus, já comi quantas, acho que duzentas e uma, é isso mesmo, duzentas e uma contando a minha pequena farmacêutica de hoje à noite, duzentas e uma, e isso é só o começo, vocês verão, minhas queridas, vou deixar todas vocês tontas de prazer e, dentro de dez anos, dentro de vinte anos, trinta anos, estarei ganhando muito dinheiro, é claro, grana é a minha única salvação, negras, brancas, ruivas, todas prontinhas para a refeição, e Rorty, olha só, e se eu desse uma boa nele, seria engraçado, já o vejo esperneando como se eu já estivesse dentro dele, deve ser musculoso e nervoso, nada fácil de controlar, não, é só brincadeirinha,

nunca gostei de homens, sou um heterossexual inveterado, não é, queridas, com efeito, Jean-Patrick acaba de me mandar uma mensagem, quer saber se vou ao rúgbi amanhã à noite, boa pergunta, não lhe agradeço em nada por tê-la feito, tudo depende de como vou estar amanhã, é difícil saber com antecipação, é difícil saber como será esta noite, Rorty está abreviando o nosso *brainstorming*, comenta as ideias de todos, sua opinião funciona como uma faca, a Tunísia talvez seja baixar demais o nível para uma agência de comunicação corporativa, a Tailândia fica longe demais, temos problemas de orçamento, de logística, de disponibilidade das equipes, o mesmo vale para o Senegal, sem falar nas vacinas contra malária e aquela coisa toda, o Uzbequistão e a Amazônia lhe parecem ótimas ideias em tese, mas igualmente não-realistas na prática, por que não a Itália ou a Grécia, essas sim valem a pena considerar, quanto à Bretanha ou à Normandia, chega, chega, Rorty fecha os olhos, passa a mão delicadamente pela testa, bela fronte nua de *manager*, um belo rapaz, esse Rorty, e tem um ar tão inteligente, talvez mais do que ele realmente seja, é melhor sempre deixar um pouco de margem no sentido contrário, como essa besta do Tissier, esse pelo menos tem um aspecto tão estúpido que não corre o risco de decepcionar ninguém, eureca, o Supereupareçomuito-inteligente acaba de ter uma ideia que vai agradar a todos, ele sugere um hotel-castelo com campo de golfe, tênis, sauna, banho turco, construído nas proximidades de um lugar medieval no Valois, ao lado de Compiègne, essa alternativa teria, na sua visão, as vantagens do distanciamento, como querem alguns, mas sem os seus inconvenientes práticos, essa alternativa, sim, ela lhe parece uma excelente solução que concilia as vontades de todos, sei, sei, como se ele já não tivesse previsto isso há muito tempo, como se já não tivesse premeditado essa pseudoconsulta e esse belo golpe de efeito, a fim de demonstrar a todos quem é que manda nesta empresa e, cúmulo da impostura, ainda propõe que a ideia seja votada abertamente, quem é a favor levanta a mão, dez mãos se erguem, só Stoeffer é contra, esse Stoeffer está mesmo a fim de criar caso com Rorty, sujeito esquisito, ele me faz lembrar aquele cara, no outro emprego, um sindicalista, não parava de distribuir panfletos denunciando as atitudes da direção, acho que chegou até mesmo a entrar na Justiça por crime de obstrução ou alguma coisa do tipo, Stoeffer, um patrão à antiga, parece que a sua empresa ia bem nos anos oitenta, mas quando ele a vendeu, no momento da Guerra do Golfo, perdeu quase tudo, pelo menos ainda lhe resta a comunicação corporativa dos laboratórios Variphor, uma das maiores contas da agência, a diretora de comunicação é uma de suas ex, enquanto ela estiver por ali ele está tranquilo, quer dizer, tranquilo... tudo é relativo, tenho a sensação de que Rorty prepara um golpe de estado usando De Vals, se eu conseguir trazer o grupo Vitalia com a ajuda de Marc, até me interessará blindar isso, se não, dane-se qualquer aquisição-fusão, não estou nem aí, voltando ao seminário, por que não Compiègne, desde que a gente se divirta um pouco, que tenha mesmo golfe, uma sala de ginástica e algumas putinhas ligeiramente bêbadas à noite, lembro daquela menina, dois anos atrás, na Salt Consulting, como se chamava, era uma assistente-chefe de projeto, Annie Sicart, isso mesmo, Annie Sicart, uma bunda enorme, e os peitos também, meio retardada, acabou totalmente nua na piscina do hotel, ficou pasma, a coitada, e acabou sendo demitida três meses depois por incompetência, Rorty conclui o ponto seminário e passa para o ponto seguinte da pauta, a formação interna, pergunta a Tissier se ele avançou nisso, Tissier começa franzindo as sobrancelhas como um *crooner*, esse pobre coitado, ele se acha realmente um Dean Martin ou James Bond, limpa a garganta, ele parece ver dentre os quadros da empresa a que supostamente pertencemos algumas pessoas que teriam interesse em ter aulas de expressão oral, meus Deus, como é cansativo, chato, pretensioso, e, para começo de conversa, quem ele pensa que é para nos dar lições de comunicação, pobre, pobre-diabo, esse sujeito, está sendo deixado pela mulher, nada mal ela, se me lembro bem, uma grã-fina provinciana, galinha-d'angola bem fornida, é um milagre que ele a tenha encontrado, e uma verdadeira proeza o fato de ela ter resistido até agora, pobre coitado esse cara, como se ele próprio também não precisasse fazer cursos de expressão oral, além de um bom regime e de comprar um xampu anticaspa, o seu colarinho é um verdadeiro aeroporto de caspas, se eu fosse mulher, dava no máximo uma nota dois, bom, espero que hoje à noite eu finalmente vá às vias de fato com a minha pequena farmacêutica, já faz um mês esse negócio, já estava quase desistindo mas ela me ligou, não me lembro bem do seu rosto, mas me lembro das coxas finas, os seios debaixo da blusa, mas o rosto não, vamos lá, tente se concentrar, nada disso, não pode ser um caleidoscópio formado com todas as minhas ex, vamos lá, recomeçando, agora é Meyer que me vem à cabeça, mais um fracasso, agora Anne-Laure Brémont, é o cúmulo, eh, Brémont, rainha das maltrepadas, você é tão delicada quanto um caminhão, eh, Brémont, princesa das frustradas, parece um atum nesse *tailleur* comprado em promoção, minha pequena farmacêutica, eu estava tão mal na última vez que a gente se viu, bom, esta noite é restaurante e cama, faço a corte e depois o golpe da bebidinha em casa, é velho mas funciona em noventa por cento dos casos, que felicidade quando ouço o sim fatídico, ou, melhor ainda, aquela hesitaçãozinha que uma simples contra-argumentação basta para derrubar, eu daria tudo para viver a vida toda nesse intervalo, prelúdio para o paraíso, um desejo infinito, a beleza mortal do corpo das mulheres, a vertigem da aproximação iminente, a magia da noite, pronto, já estou com uma ereção, Casanova está de volta, viva o celibato, e pensar que fiz a besteira de me casar para me divorciar depois de apenas seis meses, que absurdo, que desperdício, mais um pouco e eu virava um Tissier, que horror, imagino-o na casa da família em La Baule com a mulherzinha, as crianças, o mesmo calção de banho há dez anos, os cafés da manhã já rançosos de tão chatos, uma vida inteira de hábitos e conforto, uma vida inteira sem seduzir ninguém, sem despertar em outra pessoa aquela centelha divina, outra pessoa com quem tenho o prazer de me sentir belo e em quem só busco um caminho, aquele que me levará a perder-me entre as suas coxas...

(*Círculo III – Brémont*)

... não consigo sentar direito, estou com dor nas costas, estas cadeiras são muito desconfortáveis, e Tissier, esse chato do Tissier falando em otimizar o nosso "saber estar" diante dos clientes, "saber estar", que expressão mais ridícula, me dá a sensação de estar num curso de gerenciamento dos anos oitenta, bem *eighties*, esse Tissier, propõe módulos com quatro ou cinco pessoas, representação de papéis, apresentações filmadas, tudo seria cuidadosamente desvelado para que cada um pudesse visualizar os seus tiques para então erradicá-los, haveria também cursos de inglês para os recém-chegados que terão de trabalhar na internacional, o mesmo princípio da representação de papéis e de apresentações filmadas seria aplicado aí também, realmente, esse Tissier, que agora cuida da formação, por que o Tissier, que não tem nenhuma competência para isso, no ano passado era a Françoise Clément-Dourville, coisa normal para uma diretora de jurídico e RH, mas por que esse Tissier, esse medíocre do Tissier que não cansa de escutar a própria voz, de tanta afetação, as suas palavras se perdem em vibrações fibrosas e desagradáveis para o ouvido, sua testa reluz, seu bigode se mexe, ele me dá nojo, pronto, minhas pernas já estão formigando, não aguento mais ficar sentada, estou com fome, minhas pernas estão pesadas, Pujol olha para mim fixamente, o que é que esse playboy de araque quer de mim, tenho a sensação de ser uma vaca enorme, bem que gostaria de ter um homem para mim, mas fazer o quê, onde eu poderia ir para encontrá-lo, e Tissier, ainda esse Tissier, argh, nada sexy esse Tissier, Rorty está bocejando ostensivamente, De Vals estampa uma expressão de contentamento, Rorty é com certeza um homem bonito, mas não me inspiraria muita confiança, é bem do tipo que leva uma vida dupla, Tissier evoca o controle da informática como ferramenta, no que se refere às despesas será tudo incluído no orçamento de formação, de acordo com as disposições legais, pronto, ele agora se acha jurista, estou enjoada, mais uma vez comi demais de manhã, nunca vou encontrar um homem se continuar a me empanturrar que nem uma porca, me sinto vazia, é terrível como estou vazia, felizmente, existem minhas amigas, adoro quando nos falamos à noite, fiquei conversando com a Léa até as três da manhã, o namorado dela terminou tudo, adoro quando os namorados delas caem fora, hoje à noite tenho um ensaio, melhor assim, está legal o clube de teatro este ano, melhor do que no ano passado, pena que só haja mulheres e gays, talvez eu devesse fazer ginástica, Rorty agradece a Tissier e se propõe a continuar, depois dessas duas agradáveis digressões, com os assuntos incômodos, a missão da qual está encarregado, a saber, a reestruturação da empresa, não estou nem aí, tenho reunido verbas sem parar, chego a receber seis vezes o meu salário, incluindo as taxas, se me mandarem embora consigo outro trabalho facilmente, quer dizer, espero que sim, preciso começar a preparar a minha apresentação, vai que Rorty me pergunte sobre as duas novas verbas e sobre os atrasos nos pagamentos, restituir brevemente o contexto e destacar os pontos fortes da estratégia de agenciamento que seduziram o cliente, quanto aos atrasos eu me viro para encontrar uma boa desculpa, é horrível estar com tanta fome, e no entanto comi dois *blinis* com Nutella e dois *croissants* no café da manhã, vou engordar ainda mais, mas não estou nem aí, a essa altura da minha vida, estou com trinta e seis anos e vou acabar sozinha e sem filhos, apesar de ter feito ciências políticas e uma especialização em psicologia aplicada, me sinto tão descerebrada quanto uma borboleta, vivo a cem por hora, mas sem bússola, queria ter tido trinta anos de idade nos anos setenta, como os meus pais, para eles era tudo mais simples, conhecer-se, ficar um pouco juntos, ter uma casa, filhos, mesmo que viessem a se separar depois de anos de vida em comum, hoje em dia os homens são difíceis demais, tão hesitantes, e existem tantas meninas sozinhas tão mais bonitas do que eu, hoje à noite a Barbara festeja o seu aniversário no Baron, tenho certeza de que vou voltar para casa sozinha, a exposição de animais está aberta, primeiro as mais belas, depois, as outras, espero não ser contaminada por histórias que não são nem sequer de amor, seria o cúmulo, os homens não me respeitam, os homens me desprezam, eles me deixam enquanto a coisa ainda está se esfriando em mim, os homens não gostam de mim, e eu mesma não gosto de mim tampouco, eu sou apenas um quebra-galho, uma leitoa para o fim da noite quando todas as moças bonitas se foram e que se joga fora como um lenço de papel, estou com vontade de chorar, mas preciso me concentrar, estar presente e atenta nesta reunião tão entediante, Rorty agora entra no ponto "recepção", ele nos faz lembrar que, mais do que um simples lugar por onde as pessoas chegam, a recepção cristaliza toda a imagem da empresa, a pessoa que está naquela função representa a empresa e deve encarnar o seu espírito, esse papel de interface entre o exterior e o interior só pode ser bem desempenhado por quem possui qualidades capazes de fazer com que sejamos apreciados tanto pelos clientes como pelos que poderão vir a sê-lo, e essas qualidades se chamam afabilidade, charme, deferência, enfim, ele não consegue entender como é que se contratou e se manteve ali uma pessoa completamente desprovida de tudo isso sendo que existem centenas de jovens estudantes nas agências de recepcionistas, e ele gostaria, por uma questão de transparência, de avisar ao comitê que ele se vê obrigado a assumir essa questão pessoalmente, Françoise Clément-Dourville o interrompe imediatamente e rememora o histórico da sociedade, resultado de duas fusões-aquisições até a sua integração ao grupo, ela lembra que Christiane é uma das poucas sobreviventes da primeira fusão, já faz parte da mobília, está doente e tem uma criança para cuidar, não se pode tratar um ser humano de qualquer maneira, a empresa tem uma responsabilidade moral para com os seus funcionários, Rorty diz que ela pode ficar tranquila, pois ele já previu lhe dar uma boa quantia para se segurar, e além disso ninguém sabe se ela não conseguirá um emprego até melhor em outro lugar, com quarenta e cinco anos, imagina, esse Rorty é realmente um escroto, Stoeffer o interrompe subitamente, está totalmente de acordo com Françoise, Christiane realiza o seu trabalho, para o qual é muito mal paga, muito bem, está ali para atender ao telefone e não para um desfile de *prêt-à-porter*, De Vals o interrompe para falar de sua própria experiência, com a maior objetividade, num tom falsamente distante, ele conta então que quatro meses atrás, por ocasião da sua entrevista de contratação, ficou realmente surpreso com a presença daquela mulher enorme de olhar frio, ele insiste no "o" de enorme abrindo os braços para demonstrar as dimensões de Christiane, para ele trata-se de uma decisão infelizmente cruel mas inelutável, em nome dos interesses da sociedade e de sua imagem junto aos clientes, uma medida, de certa maneira, de saúde pública, Tissier estampa uma expressão obscena e alegre, Roussel finge não ter entendido nada, realmente, esses homens, que coragem, Clément-Dourville e Stoeffer balançam a cabeça lamentando, não durarão muito tempo, esses dois, eu, tudo o que eu quero é um homem, o resto não importa, talvez eu devesse retomar os chats na internet, o último que eu encontrei era bem simpático, alto, magro, diagramador de publicidade, um rosto ingrato de adolescente tardio e corpo meio mole, deixou várias mensagens, mas eu não respondi, gentil demais, talvez um tanto insosso, na minha situação eu devia parar de me fazer de difícil e de ficar esperando o príncipe encantado, com efeito, será que a Delphine continua com o sindicalista, esse pelo menos tem caráter, talvez até demais, para mim um sindicalista não daria, acho-os preocupados demais, sempre se opondo a tudo, sempre reivindicando, atacando, preferiria um quadro superior, mas, cuidado, não alguém ocupado demais, com uma amante em cada porto, mas um homem tão implacável na vida profissional quanto meigo e atencioso na vida privada, fisicamente eu preferiria que fosse alto, magro, de olhos claros e uma covinha no queixo como a do Michael Douglas, na série de decisões unilaterais que toma, Rorty nos submete a mais uma de suas ideias fulgurantes em matéria de organização interna, decididamente, é um verdadeiro festival, ele calcula que alguns serviços custariam menos para a empresa se fossem feitos por gente de fora, ele pensa especialmente na área de suprimentos, duas pessoas pagas para ficarem à toa durante boa parte do dia é algo aberrante, nunca se viu uma coisa dessas em qualquer empresa que tenha um resultado operacional superior a quinze por cento, por que não lhes dar uma renda vitalícia, já que é assim, Françoise toma a palavra, ela suspira, está com olheiras, envelheceu muito nos últimos meses, faz lembrar a prima de mamãe que adquiriu um câncer depois de passar a vida de depressão em depressão, quantos anos eu tinha, acho que onze ou doze, quando íamos visitá-la, me dava medo de tão magra que estava, lembro que na época falou-se muito na nossa família sobre *Marte*, de Fritz Zorn, Françoise tenta se defender desesperadamente, a equipe anterior de direção, da qual fazia parte, tomou essa decisão para gerenciar e controlar melhor o fluxo de compras, e, se é verdade que Philippe e Laurent têm alguns momentos ociosos, eles também trabalham muito, sem hesitar em fazer tempo extra nos períodos de maior atividade, a opção por terceirizar o setor de compras, que era a que vigorava antes das duas fusões-aquisições, não é necessariamente a mais econômica, Rorty corta a discussão e pergunta quem é a favor da terceirização do setor de compras, seis dedos se levantam, eu também levanto o meu, só Stoeffer, Françoise, Dominique Meyer e Alighieri são contra, a terceirização do setor de compras é então aprovada, será preciso convocar os dois funcionários para comunicar o aviso prévio, não sem antes encontrar algumas falhas neles, é claro, Françoise irá cuidar disso, Rorty diz que confia nela para administrar a questão da forma mais adequada, continuo com o formigamento nas pernas, minha xoxota está coçando como acontece com frequência à noite, quando estou adormecendo, mas também não posso me coçar bem no meio da reunião, eu precisava me movimentar mais, cuidar do meu corpo, poderia fazer *body-sculpt*, duas vezes por semana, e perder cinco quilos em dois meses, como a Aurélie, com o novo corpinho ela já conseguiu um cara, e se quiser ficar mesmo com ele não pode relaxar, bem que eu gostaria de ir ao cinema neste fim de semana, vou ligar para Alexia, ela não tinha nada previsto para sábado à noite, amanhã, mamãe vai operar o joelho, espero que tudo corra bem, papai ainda está na Alemanha, volta esta noite, Rorty passa para o ponto seguinte sem pestanejar, e pergunta a Françoise se ela conseguiu avançar na GED, Stoeffer pergunta o que é GED, Françoise responde que GED significa Gestão Eletrônica de Documentos, é a gestão do futuro, logo não mais teremos de lidar com toda a papelada administrativa, as faturas dos fornecedores ou os orçamentos dos clientes, tudo isso vai ser escaneado e arquivado numa intranet para poder ser compartilhado pelo conjunto dos colaboradores, ela especifica que essa ferramenta ainda está sendo instalada, os prestadores de serviço trabalharam bem, já as nossas equipes estão um pouco defasadas, é tudo muito novo, ela olha para Tissier, em relação à formação, seria preciso um dia inteiro de treinamento do pessoal administrativo para a GED, Rorty se surpreende com essa demanda, que história é essa de pedir treinamento para uma ferramenta que se supõe que todos devam conhecer a priori, é o mínimo para um *controler* ou para um contador, ora, por que então não ensiná-los a manejar os dados também, eu não vejo nada de engraçado nisso, mas não quero contrariar Rorty, o que fazer, rir ou não rir, eis a questão, me faço de desentendida, olha só, Rorty já está rindo, e obviamente De Vals também, que sujeitinho escroto, sempre puxando o saco de Rorty, Roussel estica o corpo lentamente, esse é descontraído demais, para ser honesta, Castaglione dá um sorriso, Castaglione só sabe fazer isso, olha para os demais, olha para o mundo de cima, toda superior, não gosto dela nem um pouco, é falsa, calculista, arrivista, cheia de ódio e de desprezo, sua sede de poder salta aos olhos, ela me despreza, para ela eu não passo de uma gorducha descerebrada, Tissier esboça um sorriso grotesco e horrível, pobre, pobre Tissier, não sei o que ele faz o dia inteiro além de acompanhar *on-line* as ações na Bolsa e monitorar seus investimentos, não sei como conseguiu chegar aonde chegou, forma com Pujol o par mais incompetente que consegui encontrar desde que comecei a trabalhar, essa louca da Castaglione e esse crápula do De Vals pelo menos não são totalmente imunizados contra boas ideias, continuo com fome, desconfortável nesta cadeira, estico as pernas mas me dói mais ainda a bunda, espero que não tenha contraído Aids com aquele cara da festa da Anne-So, ainda me vejo chupando ele, nada mal esse sujeito, mas não muito limpo, ninguém o conhecia, tinha vindo por intermédio de um suposto amigo que tinha tido um imprevisto e não pudera aparecer, ainda por cima me deu um número falso, Rorty emenda agora o ponto contabilidade, começa dando uma bronca em Françoise Clément-Dourville por causa de uma história de faturas não pagas, como é possível que alguns gerentes consigam não só obter pedidos por escrito como também pagamentos antecipados de clientes enquanto outros esperam que o trabalho seja realizado para depois obter o pagamento e frequentemente negociado para baixo, sem considerar a inadimplência que já temos e que precisamos urgentemente eliminar, o que a diretora financeira está fazendo para recuperar esse dinheiro, o que os gerentes envolvidos estão fazendo, eu devia parar de beber feito uma esponja todas as noites, depois perco o controle de tudo, tudo se torna possível, principalmente o pior, hoje de manhã apareceram manchas avermelhadas na testa, talvez sejam os primeiros sintomas, não, vamos falar sério, o sarcoma de Kaposi não tem nada a ver com vermelhidões insignificantes, o que não impede que o tenha contraído, de tanto fazer qualquer coisa do meu corpo e de me entregar a qualquer um, quando li o *Cytomegalovirus*, do Guibert, tive um desses choques, principalmente com a cena em que ele evoca os adolescentes colombianos capados pela máfia local, o tráfico de órgãos, crime organizado, Câncer, AIDS, zonas industriais desumanizadas onde impera a prostituição e o crime organizado, isso tudo é muito desumano, desumano demais, penso em Guibert e a lista dos meus amantes sem rostos desfila à minha frente, como uma dança macabra, não, não, preciso parar de pensar nisso, não estou com AIDS, pelo menos é o que espero, engraçado, quando olho para o Tissier o horror cessa, isso mesmo, é curioso, a visão de Tissier me acalma, ele é tão normal, tão tradicional, a imagem do cotidiano sem mistérios que ele encarna, de uma França tranquila e eterna, uma França de pequenas cidades alegres e vales verdejantes, parece que está se divorciando, pouco importa, eu o imagino muito bem com a mulherzinha e a pequena família, bem anos cinquenta, bem interior, com seus três filhos e um labrador, à noite toda essa pequena família deve ficar à espera dele, ele, o chefe de família, o chefe dessa família que eu gostaria tanto de construir com algum homem que jamais encontrarei...

(*Círculo IV – Tissier*)

... espero que o tribunal indefira o pedido dela e me conceda a guarda alternada, afinal, é ela que quer ir embora, é ela que exige uma pensão alimentícia de quatro mil e quinhentos euros, a sentença sai na quinta-feira, contanto que eu não perca a guarda das crianças, contanto que eu não tenha de ficar pagando esses quatro mil e quinhentos euros para o resto da vida, Rorty está me olhando de um jeito nada amistoso, não sei o que ele quer, mas temo que não seja nada de bom, o mundo do trabalho está cada vez mais complicado, não é hora de cavar minha demissão, até hoje Sebbag e Blanchet estão desempregados, e eu não estou em melhores condições que eles, talvez seja até um pouco mais velho, minhas hemorroidas me incomodam de novo, estou cansado, queria me deitar, o tratamento do doutor Watz já não surte nenhum efeito em mim, sangro sem parar, não dá mais para aguentar, vou ter de operar, não queria cortar agora, como se só tivesse isso para fazer neste momento, parece que é terrivelmente dolorido, um mês de martírio a partir do momento em que a gente começa a sentar de novo, eu, que passo a vida em reuniões, isso vai longe, além disso tem essa droga de hipertensão, vinte e três por quinze na última medição, serei obrigado a tomar um betabloqueador, Rorty agora está fritando a Anne-Laure Brémont, pede que explique o atraso do pagamento da CRAPIF, ela em tese tinha de ter resolvido o problema dos inadimplentes na semana passada, a pobre Brémont gagueja, diz qualquer coisa, teve o fim de semana prolongado da Páscoa, ela falou com o cliente, que em princípio tinha concordado com a promissória, mas a equipe dela não a tinha avisado do atraso, ela não foi alertada do problema a tempo, Laure, que gerenciava o orçamento, acaba de sair em licença-maternidade, houve um acordo de princípio, tudo será regularizado no prazo mais breve possível, um acordo de princípio em cima de qual promissória, ruge Rorty, e como que acompanhando sua raiva um perdigoto cruza o raio de luz que ilumina uma parte da sala, pronto, ela começa a chorar, Rorty esboça um arzinho de satisfação, eu mesmo, devo confessar, não me incomodo ao vê-la assim na berlinda, por que se privar das pequenas alegrias mesquinhas proporcionadas pela vida na empresa, Rorty repete de novo, Rorty deixa claro que está repetindo, mas que não repetirá mais, pois já está mais do que cheio de repetir, de agora em diante todos os pedidos têm de ser validados pelo comitê de controle instituído desde fevereiro, comitê este formado por Arnaud, Sophie e ele próprio, toda operação financeira tem de passar obrigatoriamente por essa instância, que saberá avaliar o tempo exigido pelo projeto, é claro, mas também a qualidade das prestações e os tipos de documentos a serem produzidos, cada gerente deve administrar da melhor forma os recursos orçamentários de seus clientes e acompanhar suas receitas e despesas, Rorty aborda o ponto seguinte da pauta, a transferência das contas Unilife e Brévitis da equipe de Stoeffer para a de De Vals, realmente não vai sobrar muita coisa com Stoeffer se ele continuar perdendo as suas contas históricas, nos últimos tempos ele tem vindo cada vez menos à agência, e no entanto, que eu saiba, não está se desligando, Stoeffer parece resignado, finalmente resignado, tudo depende do nível de álcool que traz nas veias, pobre coitado, logo chegará a sua hora, Rorty precisa, de qualquer modo, tomar cuidado com a agressão física, esse cara é um louco furioso, capaz de chegar a estados extremos, parece que já esteve na prisão no fim dos anos setenta, num movimento anarco-esquerdista próximo das brigadas vermelhas, os anos setenta, período glorioso, época abençoada em que se podia deixar um emprego para encontrar outro com salário duas vezes maior no dia seguinte e ainda manter relações sexuais sem ter de ser chamado por um tribunal, nossa época é de uma tristeza, tudo a faz sombria, dura, trabalhosa, dificuldade para conseguir um emprego, para mantê-lo, para encontrar um outro se for mandado embora, violência nos relacionamentos conjugais, intransigência das mulheres, que passam o tempo todo apontado as suas fraquezas e fazendo você se sentir um sujeito miserável, imaturo, neurótico, pobre Stoeffer, Rorty vai obrigá-lo a sair, com certeza, Stoeffer pode até lhe dar um soco na cara ou contratar o melhor advogado de Paris, mas isso não vai mudar nada, Deus, tomara que a minha demissão não esteja incluída nos planos, tomara que eu ainda faça parte dos quadros da empresa pelo menos nos próximos dois, três, quatro anos, se não, como vou fazer para pagar uma pensão alimentícia, a escola particular das crianças, as férias no clube, o aluguel do meu novo apartamento enquanto não vendo o velho, vamos agora abordar um tema que incomoda, graceja Rorty, um tema que foi objeto de muito debate na nossa reunião passada do comitê estratégico, é o tema, como vocês já perceberam, da supressão do famoso décimo terceiro salário, depois de fazer rodeios por muito tempo vamos ter de encarar isso, um pequeno sacrifício para os funcionários, um grande ganho para a empresa, nossos colaboradores, no seu conjunto, são remunerados a contento, os direitos adquiridos é que acabam com a economia, Françoise Clément-Dourville assume um aspecto de catástrofe, ela sempre foi contra o projeto, é ilegal, não se pode retirar direitos adquiridos, pode-se fazer isso sem ferir a lei, retruca Rorty, tanto isso é possível que não se precisa de nada, apenas de um acordo interno, é um mero costume que basta denunciar para que nos livremos dele, os funcionários ainda poderão recorrer à Justiça se quiserem, mas acho que teriam os pedidos indeferidos antes mesmo de serem ouvidos, conclui Rorty com lentidão e cinismo, tribunal, tribunal, me dá a impressão de que só ouço essa palavra o dia inteiro, o divórcio, essa associação que está me processando por não ter socorrido um idiota de um desabrigado que resolveu vir morrer bem no meu andar, e essa histérica da Julia, que me ameaça de assédio sexual, é isso que dá ir para a cama com uma subordinada, ainda vai me tirar o máximo por perdas e danos, não dá mais, estou no limite, o que foi que eu fiz para merecer esse inferno, tudo o que eu quero é paz e a minha vida, ao contrário, é um caos cada vez maior, eu tinha tudo, objetivamente, para ser feliz, excelentes diplomas, uma saúde de ferro, uma mulher bonita, dois filhos maravilhosos, amigos bem colocados, um cargo de direção numa empresa prestigiosa, mas tudo o que eu levo é só tragédia, Pierre-Yves diz que eu devo ter um carma ruim, fiz algum mal em alguma vida anterior e agora tenho de pagar, não, falando sério, está na hora de isso tudo parar, de qualquer maneira se esses problemas todos continuarem não vou ter mais como administrar e caio fora, como esses caras encurralados que um belo dia abandonam o emprego, a família, a casa, sem deixar endereço, às vezes trocam de identidade para não serem reconhecidos, eu iria para Quebec, reconstruiria a minha vida com uma canadense bem novinha e forte, daria aulas de gerenciamento num instituto francês, teria um apartamento em Montréal, uma casa de campo nos Laurentides e um Buick conversível, meus novos amigos seriam professores acompanhados de belas estudantes, como em *O declínio do império americano*, talvez não seja tão absurdo assim, tenho quarenta e nove anos e nada me impede de refazer a minha vida, enquanto isso não vem, trabalho doze horas por dia para pagar os advogados e as despesas da nossa vida comum, não consigo ver nenhuma melhora no horizonte, tenho medo desse processo, espero pelo menos que eles não me tirem os garotos, essa megera é capaz de tudo, até mesmo de falsos testemunhos, e pensar que todo mundo a considera uma santa, pobre Chantal, tão sensível, tão frágil e sem energia, minha mulher me abandona e minha amante não encontra nada melhor para fazer do que inventar essa história de assédio, ah, se eu soubesse, ela planejou tudo, a megera, até mesmo os colegas no restaurante para que houvesse testemunhas, e nesse tempo, Chantal toda envolvida com seu professor de caratê, e além do mais fui eu que o apresentei a ela naquela noite do grande prêmio de comunicação corporativa, eu devia ter desconfiado desse playboy atarracado, educado demais para ser honesto, sim, agora eu me lembro, olhava para ela como se quisesse devorá-la, um lutador de caratê, faixa preta de quarto grau, eu não teria tempo nem de aplicar um direto nele e já receberia três tapas na cara, Rorty prossegue com seu elogio da austeridade, ai, minhas hemorroidas, é só eu me mexer que elas atacam, não dá para aguentar, e essa hipertensão preocupante, o médico foi categórico, preciso emagrecer, fazer um regime, exercícios, justo eu que nunca fui muito de fazer esporte, vai ser difícil, ainda mais se for condenado a pão e água, melhor acabar logo com isso, Chantal com um carateca e Julia usando a nossa relação de subordinação para me atacar em privado, que tristeza, eu tinha antes uma mulher e uma amante e agora tenho dois processos em cima de mim, ai, essa merda que me tortura de novo, estou mal sentado, essas cadeiras não foram feitas para gordos ou para quem sofre de insuficiência venosa, visivelmente Rorty não tem nenhum desses problemas, Rorty é esbelto e esportivo, Rorty detesta tudo que é gordura, se faz isso é para preservar o emprego sem sacrificar a rentabilidade da empresa, é preciso encontrar um equilíbrio entre trabalho e capital, dizia o Karl, não é, Pierre-Henry, e ele me dirige um olhar de cumplicidade, eu sorrio de volta, talvez exageradamente, tenho a impressão de que minha boca ficou parada numa expressão simiesca, não consigo me livrar desse sorriso, esse Rorty registra tudo, ele se lembra de que fiz uma tese de história, a propagação das ideias revolucionárias nas obras de Marx e de Proudhon, devo ter comentado alguma coisa com ele quando me chamou para conversar assim que entrou na empresa, Marx e Proudhon, os dois irmãos-rivais do socialismo, o primeiro ataque veio de Proudhon, com o seu *Filosofia da miséria*, o homem de Besançon, se não me falha a memória, atacava tanto o espiritualismo burguês da época quanto o materialismo dialético, e Marx respondeu imediatamente com o seu *Miséria da filosofia*, papai e mamãe compareceram à defesa de tese, recebi uma menção muito bom, ficaram muito orgulhosos, já faz vinte e cinco anos, que época feliz, eu ainda era um homem livre, ainda não coberto de dívidas e processos, não leio mais, não tenho tempo, qual foi o último, ah, *O código Da Vinci*, já faz quase um ano, um bom policial esotérico e erudito, não, um ano não, estou exagerando, foi nas férias do Natal, cinco meses então, mas depois, nada, não consigo nem terminar esse ensaio sobre o fim do humanismo e a todo-poderosa genética, e que no entanto tem um tema apaixonante, os materiais inteligentes, a protética, as paisagens geneticamente modificadas, qual é o título do livro mesmo, não é *Do mundo fechado ao universo infinito*, nem *O caos e a harmonia*, muito menos *Esses genes que nos governam*, não importa, depois eu lembro, enfim, já faz algum tempo que o homem vem descendo sem parar de seu pedestal e que as minhas chateações não param de se multiplicar à velocidade da luz, como pude me enganar a esse ponto, como é que o jovem diplomado entusiasta e cheio de esperança se tornou um pobre sujeito estressado, desgastado, perdido na vida, um perfeito candidato a um infarto, ouço bater o meu coração cansado, minhas veias sobrecarregadas me dão uma espécie de coceira e no meu cérebro vagueia uma multidão de problemas sem solução, caramba!, esqueci de novo o venotônico hoje cedo, Chantal estava insuportável, passou correndo sem falar nada, e o outro, tenho certeza, a aguardava no hall do nosso andar, Rorty pergunta a Castaglione como está a preparação da próxima mesa-redonda do RH, Rorty parece hipnotizado por essa mulher, ela tem um jeito terrível, uma Chantal piorada, capaz de tudo para atingir os seus objetivos, sinto que me despreza, é normal, não tenho nenhuma utilidade para ela, que faz um joguinho de cena para Rorty soletrando com uma arrogância protocolar os nomes e os cargos das pessoas convidadas, estará presente até mesmo um técnico do Conselho Econômico e Social, especialista em envelhecimento e nas consequências da inversão demográfica na pirâmide dos ativos, um assunto bastante amplo, Rorty concorda, não acredito, justo ele que só fala em sangue novo, estagiários e colocação em pré-aposentadoria de quem tem mais de cinquenta anos, não só tem a cara de pau de concordar como ainda faz uma expressão de catástrofe, como se se sentisse revoltado com essas empresas terríveis que demitem funcionários experientes e competentes, Rorty parabeniza mais uma vez Sophie Castaglione, numa profissão em que o aspecto relacional é tão importante, não se pode viver no isolamento, esses cafés da manhã que ela articula com tanto brilho têm se transformado em um autêntico laboratório empresarial, nada menos do que isso, e por que não, já que é assim, numa vanguarda artística também, essa Castaglione é uma autêntica Merteuil, não traz nenhuma conta, trabalha duas horas por dia, mas exerce uma influência inacreditável sobre Rorty, no fundo acho que ele tem medo dela, é bem verdade que ela é temível mesmo, não é por acaso que o pessoal da internacional a despachou para cá, já pôs para fora os coitados do Sebbag e do Blanchet e não vai parar por aí, é uma criadora de intrigas, uma matadora a sangue-frio, não gosto do jeito que ela me olha, de cima a baixo, que desprezo no seu olhar, para ela eu sou Tissier o feio, o barrigudo, Tissier a barata da empresa, faz muito tempo que ninguém me olha com amor, é verdade que eu também já não estou tão bem, já faz algum tempo que estou muito acima do peso, passei com grande entusiasmo a marca dos noventa quilos, para 1,75 m até que não é tão ruim assim, e pensar que vinte anos atrás eu mal pesava sessenta quilos, mas será que isso é razão para me desprezar tanto, minhas hemorroidas me fazem sofrer de um modo insuportável, vou explodir, espalhar as tripas e os intestinos por toda a sala, Rorty convida todos os gerentes a cuidar da questão relacional com os clientes não apenas com a razão, mas também com a paixão, não hesitar em surpreendê-los, por exemplo, convidando-os para exposições de arte contemporânea, jornadas temáticas, festivais, o que for, dispostos a sacrificar seu fim de semana e os dias de RTT (Redução do Tempo de Trabalho), o nome RTT parece divertir Rorty bastante, a França está em descanso, não se deve acordá-la, somos o país onde menos se trabalha e ainda por cima temos de aplicar leis iníquas, enfim, ele está esquecendo de dizer que também temos uma das taxas de produtividade por hora mais elevadas do mundo, bem, não vou contradizê-lo, pronto, agora ele ataca a sociedade do lazer e do ócio em que a França está atolada, toma os Estados Unidos como modelo, ali a legislação trabalhista é bem menos restritiva e a economia é incomparavelmente mais dinâmica, não foi trabalhando trinta e cinco horas por semana que os Estados Unidos chegaram aonde chegaram, ironiza Rorty, e Castaglione concorda, De Vals traz à tona o caso do Japão, ele trabalhou ali durante quatro anos, a legislação é extremamente favorável aos empreendedores e aos mais audaciosos, esse arrivista aproveita para lisonjear Rorty e dizer que um dia a sua voz ainda será ouvida, a história das ideias, assim como a economia, funciona à base de ciclos, e cada um expõe sua experiência, sua opinião, sua ideologia em relação a essa redução do tempo de trabalho, ai, de novo as hemorroidas, devo estar sangrando, vou dar uma olhadinha depois no banheiro, dói muito, às vezes tenho vontade de desaparecer, de tão dolorido...

(*Círculo V – Stoeffer*)

... rosto aniquilado à Bacon, a cara esfacelada à Di Rosa, carnes aos berros como em Munch, as cartilagens cederiam, os esfíncteres se relaxariam, a urina e o sangue se misturariam com o resto, seria correto, seria justo, é tudo o que esse lixo merece, lixo, lixo, esse sujeito é um lixo, nenhum respeito, nenhuma compaixão, nada, sei muito bem de que lado ele estaria nos campos de concentração, lixo, lixo, e essa coitada da Anne-Laure Brémont, e suas palhaçadas aflitivas com esses cafés da manhã de ideias, que espetáculo abjeto, a empresa avança e se expande dentro do esterco mais nauseabundo, o lixo nos embala com esses discursos pomposos e vazios sobre mudanças, evolução, certeza de que nada está garantido e que sempre podemos fazer melhor, ampliar os limites, Lindbergh nunca teria conseguido chegar ao final de sua viagem se não tivesse tido a força de se manter acordado apesar do cansaço extremo, e as maiores invenções científicas, as maiores obras, as maiores realizações humanas, todas elas nascem dessa vontade insensata de se emancipar do poder dos hábitos e das regras, mentira, futilidade, fanfarronice de sobra, ele chama isso de antropologia da mudança, essa pobre moça está aos prantos, meus pulmões estão ardendo, vou tossir, três maços por dia, um bom índice, excelente índice, querido Richard, você caminha para bater o seu próprio recorde, fumar mata, fumar diminui a fertilidade, fumar conduz à impotência, fumar provoca doenças graves, bando de idiotas, por mais que tentem se precaver contra o câncer provocado pelo fumo, nunca poderão dar ordens a uma nuvem radioativa para que não ultrapasse as suas fronteiras, ou a uma fibra de amianto para que não avance rumo aos seus pulmões, ou ao chumbo, ao mercúrio, nem às emanações mortíferas dos revestimentos de politetrafluoretileno das frigideiras para que não os atinjam, nem aos pesticidas, nem às partículas alérgenas e cancerígenas dos materiais compostos, nem aos solventes, nem às moléculas de diclorodifeniltricloretano, de difenil policlorado, de ftalatos ignífugos e de compostos perfluorados detectados no sangue de trinta e nove deputados britânicos que os ignorem, a vocês, e tudo isso só porque vocês não querem morrer de câncer, nem a todas as outras poluições fatais invisíveis, mas irreversivelmente presentes na água, no ar e na terra, que vivam sem vocês, tranquilas, no seu vizinho ou no estrangeiro, pouco importando, contanto que não seja na casa de vocês, não quer um pouco mais de tofu, meu querido Richard, o advento da empresa protoplasmática, falou e disse, protoplasmática é o cu, tudo o que ele quer é reduzir os encargos para aumentar ao máximo os dividendos dos acionistas, no momento em que eles compraram de mim eu já percebi como agiam, demissão dos recém-contratados e sobrecarga de trabalho para os demais, compressão da massa salarial, pressões, depressões, o resto não passa de propaganda, marketing e armadilhas para novatos, e eu, e nós, e os funcionários, o que será deles nessa reciclagem infame, Rorty o belo, a cara bonita, uma estampa para se pulverizar, um olho na privada, uma orelha pregada na parede, o nariz no cu de De Vals, os testículos batidos num liquidificador, agora eles me tiram mais duas contas, daqui a pouco me jogam para fora que nem merda, sinto que isso já está próximo, não é hora de cometer nenhum erro mais grave, é tudo o que eles querem, com demissão e tudo o mais, e no entanto o que não me falta é vontade de avançar sobre esse bosta do Rorty, primeiro com um direto para deixá-lo tonto, depois o jogo no chão e sento em cima e aplico uma enxurrada de socos no nariz, na boca, nas têmporas, que prazer me dá só de imaginar a sua cara desfigurada e sangrando, será que eu conseguiria levá-lo ao chão, não é certeza, minhas medalhas de judô ficaram bem lá para trás, três maços e quatro doses de uísque por dia, isso desgasta, adeus resistência física, velocidade, fôlego, vivacidade, a única solução é o estrangulamento, se consigo pegá-lo ele está perdido, mas antes de pegá-lo, ainda posso levar uns golpes baixos, esse louco é seco, musculoso e sujo, quanto desprezo no seu olhar, na sua postura, no seu discurso, e pensar que fica dando de bonzinho para os meios de comunicação, apresentando-se como fervoroso defensor dos direitos humanos, do desenvolvimento sustentável e do diálogo social, a imprensa está recheada de entrevistas com esse lixo, ele nos dá lições de civismo ao mesmo tempo em que se comporta como um porco, um porco imundo e abjeto, se eu não tivesse virado patrão eu teria sido sindicalista, só pelo prazer de atormentá-lo, de levá-lo à Justiça, de enfiar as sujeiras dele pela boca sem poder ser demitido, eu teria sido sindicalista para ser um assalariado protegido, o intocável, odiado pelos quadros de direção e difamado pelos próprios colegas, banido das listas de aumentos salariais, maldito excluído de qualquer promoção, escravo do trabalho, privado de qualquer direito social, representante da lei num mundo fora-da-lei, a próxima etapa eu já conheço, ele vai me chamar na sala dele, tentar me enrolar perguntando como é que eu me vejo na empresa nos próximos anos, propor um acordo de merda do tipo você fica com a conta que ainda tem, isso é verdade, graças a Deus ainda tenho uma conta, e você vira uma espécie de consultor freelance, você vai ver, será melhor para todo mundo, e nessa hora eu vou dizer *fuck you*, de jeito nenhum, sou assalariado dessa empresa de merda que eu mesmo criei faz quase vinte anos, e eles irão então propor um acordo de transição, um ano talvez, talvez dois, e eu vou de novo dizer *fuck you*, na minha idade não dá para transigir, mando meu advogado falar com eles, eles tentarão me impressionar, abro uma ação na Justiça, que me dará um ano e meio, no máximo dois anos de indenizações, enfim, é melhor tomar cuidado para não dar um passo em falso, para mim é uma questão de vida ou morte, para nós, não estou sozinho nesta história, Judith, o restaurante, se a coisa desanda já posso ver o banco, o fisco, todas as chateações chegando a galope, a gente se endividou um bocado com essa história, um restaurante mexicano não se monta tão facilmente de um dia para o outro, ah, que banco bonzinho, seis meses para convencer o idiota do banqueiro, seis meses de espera, de estresse, de contrariedades até que o maldito projeto pudesse finalmente ver a luz do dia, não me interessa ir à bancarrota por causa de uma demissão mal negociada, já sou velho demais para achar que um casal pode viver de amor e uma cabana, depois, na Justiça, é sempre possível entrar com recurso, Krantz me disse que eles são bem mais generosos com os funcionários que dificilmente encontrarão outra colocação, eu, aos cinquenta anos, pelo menos quanto a isso posso ficar tranquilo, ele me contou, como exemplo, de um assalariado de cinquenta e cinco anos demitido sem uma justificativa concreta e séria e que a empresa, uma construtora gigante de obras públicas, foi obrigada a indenizá-lo até a aposentadoria, às vezes existe justiça neste país, e pensar que todos esses problemas de desemprego e de aposentadoria só me enchiam o saco vinte anos atrás, como eu era idiota e arrogante, o sucesso emburrece, o fracasso nos leva a enxergar os nossos limites, os anos oitenta, tão distantes, tão irreais, tive realmente o meu momento de glória ou tudo não passou de ilusão, um sonho cuja função era me enganar, os anos oitenta, Stoeffer, o pioneiro, o guru da comunicação corporativa, todos os prêmios em comunicação empresarial, as mulheres chovendo, o Palácio, Les Bains, manequins, atrizes, estagiárias, todas tão sublimes quanto chapadas, Deauville, puf, tudo isso virou fumaça, será que a vida é tão curta e que o tempo engana, da última vez em que fui a uma boate, que horror, tudo apertado, a sensação desagradável de ser um velho bonito, não, nem mesmo isso, um velho feio, e além disso os tímpanos zunindo e o suor frio, voltei a ganhar alguns quilos, precisaria parar de beber e de fumar tanto, o médico já me alertou, bem, no final das contas, não seria nenhuma grande perda para a sociedade, perdi tudo vendendo a Starcorp, eu mesmo me perdi apostando toda a minha carreira num êxito hipotético, viver é aprender a perder, dizia não me lembro mais qual pensador em moda nos anos oitenta, Cioran, acho, é isso mesmo, Cioran, essa frase é de uma correção extraordinária, foi feita para mim, na medida certa, bom, e aí estamos de volta, lá vem ele encher os nossos ouvidos com seu blablablá de ruptura, saber romper com os hábitos, sua visão de mundo, os grandes cientistas souberam se libertar dos velhos paradigmas para introduzir novos, esse lixo vem recitar aqui a sua bíblia, que decorou de um manual qualquer de desenvolvimento pessoal, que receitinha infame, quando eu dirigia a empresa, nunca procedi a lavagens cerebrais desse tipo, tentava apenas fazer com que cada um entendesse o seu lugar dentro do coletivo e fizesse o possível para que tudo se desse da melhor maneira, e agora, que demagogia, é nojento, argh, pronto, agora ele nos presenteia com a ideia de holismo, tudo está no todo e cada elemento se reflete no todo, que reflete cada um de seus elementos, se um dos elementos falha é o conjunto que é atingido, que não consegue mais avançar, para recuperar o todo é preciso extrair a parte doente, erradicá-la, nazista de merda, que demagogia infecta, ele justifica sua abjeção com beatices californianas *new age*, com todo o respeito que eu tenho pela turma de Palo Alto, Huxley, Watzlawick, Bateson e companhia, não acredito, nunca acreditei nessa mística de recursos humanos, tentam fazer-nos engolir todas essas bobagens para nos afastar da nossa verdadeira condição, de ratos engaiolados, é isso que nós somos, ratos que buscam desesperadamente uma saída, só que não existe saída, ou a única saída é a morte, por aqui, a saída é por aqui, e o pior é que os outros parecem engolir essas besteiras, De Vals parece totalmente fascinado pelo grande chefe, De Vals, esse robalo desprezível, protótipo do quadro dinâmico e devotado, capaz de cometer qualquer baixeza para atingir seus objetivos, já o Tissier quer mesmo é se proteger para ficar onde está, qualquer distração, pronto, está se divorciando em condições horríveis, coitado, Françoise parece totalmente destroçada, e não por acaso, com seus problemas pessoais, perdendo o marido, eu devia almoçar com ela com mais frequência, nesse aspecto as coisas comigo não vão tão mal, Judith se comporta muita bem, minha ex também, menos mal, nossa filha é um encanto, seu novo namorado também, estudante de arquitetura, tem um jeito simpático esse rapaz, finalmente alguém saudável, equilibrado, não como essas porcarias daqui, veja só o Pujol, que chupa gulosamente as palavras do grande chefe, que galãzinho deplorável, um hipócrita em todo o seu esplendor, e pensar que tenho de aguentar esse espetáculo a cada dia que Deus me dá, Deus, enfim, modo de dizer, mesmos os mais crentes sentem cada vez mais dificuldade em lidar com um troço tão delirante e *kitsch*, só aqui as pessoas se ajoelham diante da palavra única do ser supremo, dos raios divinos da palavra absoluta, estes comitês estratégicos são uma farsa grotesca à glória do *duce*, do *führer*, do *caudillo*, a empresa é totalitária, totalitária em seus rituais, em seus fundamentos, seu organograma, mesmo que eu lhes explicasse esses imbecis não entenderiam nada, estão tão convencidos de estarem no caminho certo, ah, o discurso repugnante que ele fez para Sebbag e Blanchet, sim, vocês entendem, meninos, não tenho nada contra vocês pessoalmente, não é culpa minha, é o grupo, os acionistas, puxa, eles me pedem mais do que eu posso dar, somos muitos recebendo salários muito bons, eu tenho de fazer uma escolha, toda escolha é injusta, obrigatoriamente injusta, mas eu tenho de decidir, estamos todos no mesmo barco, vocês ainda são jovens, podem recolocar-se facilmente, podemos voltar a conversar depois, minha sala está sempre de portas abertas, que lixo, um dia ainda mato esse cara, não, matar não, apenas ferir, furar-lhe um olho fingindo distração, ou quebrar-lhe o nariz sem querer, não, ferir não, apenas humilhar, trancá-lo numa sala depois de tê-lo feito engolir óleo de rícino e voltar com todos os empregados da empresa, não, essa humilhação seria suave demais para um escroto dessa natureza, hoje à noite Nico e Charly aparecerão lá em casa, vou preparar um coquetel de uísque colombiano infernal, e se eu parasse de me drogar, amanhã mesmo, vida saudável, uma corridinha todas as manhãs no parque, os pássaros, o perfume do verde, o oxigênio, eu me matriculo num clube esportivo e passo a comer macrobiótica, argh, não, isso deve ser uma chatice, melhor morrer logo, não, talvez eu pudesse fazer algum curso, ainda tenho dez anos de contribuição para poder me aposentar, se eles me demitirem terei de continuar trabalhando, mas curso do quê, jardineiro, é, por que não jardineiro, eles não parecem estressados, mas quanto ganha um jardineiro, certamente não mais do que o salário mínimo, e eu vou fazer como para viver disso, não dá, professor em alguma instituição particular, enfim, professor, mas não é óbvio que me aceitem, não tenho nada, nenhum diploma, nenhum título, De Vals está olhando para mim fixamente, por que me olha desse jeito, esse cabeça de filhote de galinha-d'angola, escrotinho puxa-saco de Rorty, me segurem senão eu pulo na garganta dele, já me imagino esmagando a traqueia, o único problema é que se ele desaparece surgem outros cem iguais, milhares, tão dinâmicos, dedicados, proativos, tão perfeitos quanto o conteúdo de um anúncio de recrutamento num jornal de executivos, e o outro escroto, ali, nos dando lições sobre a evolução, o imobilismo e a lentidão são os maiores inimigos da evolução, aliás, vejam só os dinossauros, o homem é um ser talhado para a superação, não, filosofia, agora Rorty quer nos dar aula de filosofia, tenho vontade de vomitar, acho que vou vomitar aqui mesmo, em plena reunião, na frente de todos, para que esse espetáculo ignóbil termine, é obsceno, vamos parar com isso, e, para ajudar, esses imbecis todos fazem cara de deslumbrados, escutam seriamente, atentos, essa louca da Castaglione pôs a mão sob o queixo e agora o devora com os olhos, que voracidade, essa mulher é uma verdadeira vagina com pernas, e esse elemento chamado Pujol, que aquiesce como um beato, Tissier faz anotações todo sério, Roussel olha para ele com um ar sarcástico, não é o melhor método para atingir o topo da escala, meu caro, pobre rapaz, e pensar que foi contratado para elevar o nível de criatividade da agência e que a única coisa que lhe pedem é que faça uma faxina nas suas equipes, uma fragilidade profissional aqui, um acordo de demissão ali, Meyer continua exibindo seu jeito de inabalável, só o basbaque do Alighieri que parece não ligar a mínima, não é tão mal, esse garoto, ele também corre o risco de cair rapidinho no desagrado do *duce*, mais dia menos dia ainda vai ser chamado na sala dele, um lixo em toda a sua forma, esse Rorty, me causou má impressão desde a primeira vez e a primeira impressão é sempre a que vale mais, um escroto, eu podia contratar uns matadores que o esperariam à saída da empresa e o levariam para fora da cidade para matá-lo depois de terem-no feito sofrer meticulosamente, ou, melhor ainda, que o matariam como um bicho, um pequeno tiro de espingarda e pronto, e sairiam dali orgulhosos e cheios de desprezo, não houve nada, só um disparo em meio ao silêncio do campo, quando eu ia à caça com papai a coisa que mais me deixava perplexo era isso, a facilidade com que se pode tirar uma vida, uma simples pressão com o dedo e acabou, tudo se resume àquela coisinha ainda quente mas já inerte...

(*Círculo VI – De Vals*)

... musculoso e esbelto, sim, mas já tem fios grisalhos nas laterais e algumas rugas ameaçam marcar a sua testa, o império da morte vai ganhando terreno incessantemente, em tudo, dia após dia, como ele será daqui a vinte, trinta, quarenta anos, onde acabará os seus dias, num acidente de avião ou num asilo, já o vejo perambulando de roupão pelos corredores de alguma residência de luxo, Les Lilas ou Les Glaïeuls, haveria reproduções de Cézanne nas paredes e arrumadeiras passando aspirador de pó, essa louca da Castaglione está enchendo com esses cafés da manhã de ideias, não entendo como ela conseguiu chegar até aqui, pelo que ela traz em matéria de *new biz*, seus contatos, sua bunda, talvez as duas coisas, Rorty olha para ela com uma insistência suspeita, o que ele vê nessa histérica, com essa pele cinza doentia, seu corpo de manequim decadente e sua voz de além-túmulo, eu teria medo dela, e ainda por cima é ruim feito bicho peçonhento, Rorty lhe faz a corte, é óbvio, essa conversa infindável sobre os cafés da manhã de ideias é ridícula, tenho muito menos rugas do que ele, ainda não cheguei aos quarenta, sou o mais jovem nesta reunião, capto as situações na velocidade de um relâmpago, sou uma pessoa fora do comum, olha só, já vi qual é a marca do terno dele, meio decepcionante, esperava uma coisa melhor, meio *cheap* esse Rorty, eu até que não ficaria mal no lugar dele, vamos lá, Rorty, um infartozinho para nós, ou um câncer, uma gripe aviária, o que você achar melhor desde que sejamos obrigados a procurar um sucessor para você, por enquanto temo que ele esteja com a saúde em dia, sempre bronzeado, musculoso, não é o candidato perfeito a um infarto, não como esses farrapos humanos do Tissier e do Stoeffer, dentro da senilidade deles devem confundir a empresa com um hospício, eu colocaria os dois em pré-aposentadoria, por mim, vamos lá, saindo, saindo, mesmo assim nem tudo parece estar perdido em relação a Rorty, parece que ele toma um monte de *speeds*, Sandrine o flagrou de manhã cedo, estava com todas as cápsulas em cima da mesa e fez uma cara terrível ao vê-la, vamos lá, Rorty, uma pequena overdose, e nesse dia eu telefonaria para o Barco, que me nomearia imediatamente, espero que ele ainda seja o presidente do grupo, em quanto tempo Rorty começará a dar sinais de entrar ladeira abaixo, dez anos, quinze, talvez mais, talvez menos, serei paciente, e todos verão que perto de mim Rorty não passava de um social-democrata molengão e insignificante, eu ligaria para a mamãe, ela ficaria muito feliz, tão orgulhosa, sou chamado a assumir responsabilidades imensas e vou acabar com todos vocês, primeira etapa, neutralizar essa maluca da

Castaglione, ela conhece muita gente da área internacional, sua caderneta telefônica é certamente bem mais fornida do que a minha, devo desconfiar dela como da peste, Rorty, esse homem formoso, seu lado WASP me excita, eu bem que o comeria no banheiro do primeiro andar, enfiaria na cabeça dele uma bela peruca loira encaracolada e o obrigaria a me chupar chamando-o de minha linda bonequinha, daria umas porradas nele e o descartaria depois como um lenço de papel usado, um playboy todo seguro de si, seria muito engraçado, pergunta, será que ele é mais bonito do que eu, isso não está muito claro, eu até que estava bem no espelho hoje cedo, nada mal, principalmente contraindo os bíceps e os peitorais, dez horas de musculação por semana, dá resultado, ele também é musculoso, mas menos, bem menos do que eu, mais alto mas menos musculoso, eu Tarzan, você Jane, e pensar que aqui todos acham que estou noivo, comprometido e monógamo, se tivessem me visto ontem à noite, no Vit Club, com aquele grupo de velhas putas com lifting em tudo, inglesas, pareciam umas peruas enormes e histéricas, ao menos espero que essas bestas não tenham me contaminado, a menos que tenha sido o gordo com piercings do Deeper no último fim de semana, pronto, meu coração está a mil, sinto um calafrio de angústia, essas doenças de merda me dão um medo, que me cago inteiro, tomara que não tenha uma crise de pânico, onde estão meus comprimidos, na minha sala, na pior das hipóteses eu poderia sair por uns três minutos, bom, vamos lá, pare de pensar nisso, devo me concentrar em Rorty, que nos despeja a sua fibra patronal, no fundo é um grande ator de *boulevard*, minha bela bonequinha, não me lembro qual foi a noite em que me masturbei pensando em você, você estava de pijama colhendo cogumelos numa clareira, eu era o seu príncipe encantado e passava por um monte de mato e de moitas para conseguir chegar até você, e depois, que delícia, eu abaixei a sua calça e penetrei em você enquanto o estrangulava, você resistia como um guerreiro valente, mas eu era tão mais forte que você, um verdadeiro banquete, e pensar que você deposita em mim uma confiança ilimitada, que me considera o seu braço direito, claro que eu faço o jogo muito bem, e além disso dou um duro danado, o melhor desenvolvedor, o maior volume de negócios, o melhor índice de produtividade por equipe, todas as grandes contas do ano, indústria, lazer e campanhas de interesse geral, fui eu que as trouxe para cá, Rortinho, você está na minha mão, ah, ah, o sucesso dentro de uma empresa está às vezes numa equação básica, meu Deus, a Clément-Dourville, como é triste essa mulher, Rorty agora a martiriza mais uma vez, informa que a reestruturação da empresa o leva a pensar também na questão do espaço, já viu tudo isso com um arquiteto especialista em interiores, por enquanto tudo deve se manter sob sigilo, mas a decisão está tomada, nossa empresa, no futuro, será um espaço transparente e aberto, e para isso será preciso abrir tudo, derrubar os módulos fechados, a solução ideal, a única solução, podemos até já avançar isso depois de ter analisado a questão sob todos os ângulos, seria mudar o setor jurídico e financeiro, que ocupa boa parte do terceiro andar hoje em dia, para o térreo, no lugar do ex-setor de compras, que será terceirizado, ele anuncia isso, de supetão, ela responde num tom monocórdio e azedo, em primeiro lugar ela não consegue entender como é que o seu setor, que até prova em contrário conta com dez funcionários, poderia caber num módulo onde apenas dois já são obrigados a trabalhar numa promiscuidade horrorosa, ela relembra a passagem que a legislação trabalhista define que cada assalariado tem direito a um espaço mínimo de quinze metros quadrados no caso de uma sala individual ou de sete metros quadrados em *open space*, em segundo lugar ela teria gostado muito que Rorty só tomasse esse tipo de decisão depois de consultar o comitê da empresa e os próprios empregados, meu Deus, como é feia e antipática essa mulher, ela envelheceu, suas rugas derrubam a imagem da empresa, quando trago alguma visita sempre fico com medo de os meus clientes cruzarem com ela, logo eu que faço de tudo para que eles se sintam seduzidos pela juventude e pela beleza da minha equipe, eles pelo menos fui eu que escolhi, eu colocaria todos esses farrapos humanos em pré-aposentadoria, vamos lá, saindo, saindo, eu me pergunto o que será que Rorty vai responder a ela, ah, ele agora assume o seu lado de socialdemocrata, em tom de consenso, até prova em contrário quem dirige a empresa é o diretor, as instâncias de representação dos funcionários serão consultadas de acordo com a lei, e de toda maneira, a opinião do comitê da empresa, ele faz questão de lembrar, é apenas consultiva, e quanto à suposta falta de espaço, o arquiteto está prevendo um sistema de distribuição de mesas extremamente engenhoso, os espaços invadirão uns aos outros para criar uma ilusão em relação à área que faltaria, ilusão de cobrir a área que faltaria, ah, essa eu gostaria de ver, Clément-Dourville suspira, balança a cabeça, olha para Stoeffer, os dois pilares da empresa, você chama de pilares, para mim, são móveis e utensílios que deveriam ser jogados fora, mesas, cadeiras ou sofás velhos, muito usados, como preferir, velharia para se jogar no lixo, esses dois são feitos um para o outro, se eu fosse Rorty, administraria a renovação geracional com um pouco mais de garra, esse ambiente de cemitério me tira do sério, me faz lembrar aqueles almoços intermináveis em casa com a família inteira, tios velhos, tias velhas e primos velhos da Normandia, todos velhos, todos gordos, fermentados à base de aguardente de ameixa e condecorados com o Mérito Agrícola, um horror total, eu era o pária da família, o intelectualoide de plantão em quem aplicavam uma sova quando não tinham coisa melhor para fazer, camponeses gordos e repulsivos, burguesia de província abjeta, na escola eu sempre apanhava, era o menor, o mais raquítico, superprotegido talvez, os filhos do campo são patetas, animais, sujos e maus, um populacho vil à espera de catástrofes naturais, benditos sejam o efeito estufa, a poluição química e as mudanças climáticas, que vão para o inferno o desenvolvimento sustentável, o diálogo social e todas essas bobagens humanistas, Rorty agora adota o seu lado sábio e nos enrola com uma daquelas tiradas que só ele sabe produzir, e pensar que ele prepara um livro sobre as mutações na empresa, um caldo filosófico-antropológico-gerencial, mudanças, isso, vá em frente meu querido Rorty, explique-nos as mudanças, as mutações, o darwinismo, a necessidade de retomar o gosto pela superação e o sentido do desafio, ah não, hoje ele está começando mais modestamente, *low profile*, deferente, minha querida Françoise, se você espera contar com o meu apoio para não mudar nada nesta empresa e deixar as coisas como estão, você se engana, aliás, eu nunca escondi a minha vontade de fazer as coisas avançarem, querida Françoise para cá, querida Françoise para lá, é bem verdade que a situação não é nada fácil de engolir para essa pobre mulher, ah, estou com pena dela, justo eu, que detesto acima de tudo exatamente a compaixão, OK com o Nietzsche, sentimento abjeto, o cordeiro argumentador critica a águia pelo fato de ela ser águia e de, portanto, comê-lo, e, portanto, de ser ruim, enquanto ele, cordeiro, é gentil, pois não come a águia, e é dessa maneira que a moral dos escravos, a moral da compaixão se torna lei universal, uma das ideias mais bonitas de Nietzsche, *A genealogia da moral*, meu livro de cabeceira há vinte anos, lembranças emocionadas de *Sete cores*, de Brasillach, *Os alimentos terrenos*, de Gide, *O fogo fátuo* e *Burguesia sonhadora*, desse bom Drieu, sem esquecer Barrès, Morand, Papus, uma verdadeira revelação, Papus, o despertar para o mundo do espírito, e depois Guénon, *O reino da quantidade*, *O homem e seu futuro segundo o Vedanta*, *O simbolismo da cruz*, e depois Bataille, a grande fusão entre o erótico e o místico, o escravo responde a Rorty que não se trata de defender o imobilismo e de negar qualquer mudança, mas sim de não ficar fazendo qualquer coisa sob qualquer condição, comprimir um setor inteiro num cubículo é uma aberração pura e simples, ela pede que Rorty se coloque no lugar de seus funcionários, não se juntam seres humanos como gado, não se pode jogar com a vida deles, nem seu espaço vital, como se fossem detalhes sem nenhuma importância, alguns estão na casa há mais de dez anos, vinte anos, e sentem que está crescendo um sentimento de insegurança, na última visita anual o médico do trabalho constatou que uma parcela enorme e crescente dos funcionários do grupo está tomando antidepressivos, ele fez um relatório que será enviado à comissão paritária encarregada de estudar a questão da saúde no nosso ramo, pobre, pobre escrava, seu discurso da compaixão é de dar dó, sua expectativa de vida está próxima de zero, a empresa de amanhã será dura, perfeita e implacável, os fracos, os feios, os gordos, os velhos, os lerdos e os idiotas não terão nenhuma chance de sobreviver nela, Rorty fica feliz que o médico do trabalho seja tão dedicado e que as comissões paritárias debatam questões tão apaixonantes como a saúde física e mental no trabalho, mas a mudança precisa ser realizada, é uma necessidade imperiosa, sem mudança não há mais empresa, portanto, não há emprego, se alguns dos nossos colaboradores são tão apegados à sua tranquilidade, por que não viraram funcionários públicos, apesar de que, ao que parece, o setor público vem descobrindo aos poucos as virtudes da produtividade e da competitividade, quanto aos seus subordinados, permitam-me confessar que me sentiria feliz pessoalmente caso eles viessem falar comigo diretamente se desejarem, minha sala está aberta para eles, poderíamos conversar pessoalmente, cordialmente, e eu desfaria esse temor, ou talvez o contrário, Rorty sorri, seus dentes não são de um branco imaculado, decepcionante, esperava coisa melhor de sua parte, minha última limpeza de tártaro é de um mês atrás, o novo tratamento do doutor Olmek é de uma eficácia incrível, que prazer poder finalmente sorrir sem medo, essa mulher tem realmente uns dentes podres, no lugar dela eu já teria estourado os meus miolos, quanto mais rápido melhor, não consigo me ver com cinquenta anos, muito menos com sessenta, bom, se eu continuar fazendo essas coisas de hoje nem envelhecer eu vou, talvez eu já esteja contaminado, condenado a curto prazo, mas não sei, que se dane, não vou fazer exame de HIV, não quero saber de nada, hoje à noite vou de novo ao Body-club, duas horas de musculação, uma hora de sauna, depois encontro Christophe e Gilles no Vit's, no ano passado encontrei lá o diretor de comunicação da XLT, se eles soubessem aqui como eu consigo os meus clientes, ah, e o que importam os meios, o importante é obter novas contas, grana, essa é a lei, esta é a minha lei, ganhar muita grana para ser o mais bonito durante o maior tempo possível e sair por aí com quem eu quiser, viajar quando tiver vontade com o meu conversível, comprar apartamentos e alugá-los para bichas e michês que eu poderia eventualmente também comer, e poder um dia parar de trabalhar para viver como um nababo, cercado de escravos de corpos lascivos e vigorosos, mas para isso eu preciso pegar o lugar desse imbecil do Rorty, ou ter um igual em alguma outra empresa do grupo, uma coisa é certa, meu futuro passa pelo grupo, a internacional, talvez eu devesse me aproximar da Castaglione, fazer dela uma aliada, eu poderia me infiltrar na sua rede de contatos, o problema é que não a conheço, não sei nada da vida dela, ah, claro, sei alguma coisa da vida dela, sim, uma coisa que é a mais importante de todas para ela, uma coisa da qual ela cuida, que ela hospeda, alimenta e às vezes traz à agência, Jean-Christophe, acho que é esse o nome do buldogue francês que ela carrega, sempre, um animalzinho horrível, sempre babando, roncando e peidando, é surpreendente da parte de uma mulher tão altiva, tão gélida, fica totalmente embasbacada na frente do animal, mas claro, aí está, essa é a fresta, para me aproximar dela eu devia me voltar para o seu cachorro, primeiro passo, corro para um pet shop para comprar um buldogue francês, um filhote de três ou quatro meses, acho que esse troço dorme mais de doze horas por dia, basta dar um passeio uma vez por dia, eu poderia deixá-lo na varanda, ele espantaria as pombas, e quando eu saísse de férias ou para alguma viagem a trabalho, eu o deixaria em alguma associação de guarda de animais, um buldogue francês, eis uma ótima ideia, e graças aos nossos animais nós nos aproximaremos, com certeza, e quando formos amigos íntimos ela talvez me revele os segredos de sua rede de contatos, que boa ideia, dessa eu estava realmente precisando, ah, como eu sou inteligente, sem querer me gabar, a astúcia, mais uma vez a astúcia, uma das virtudes do comandante na guerra segundo Clausewitz, a astúcia ou a arte de saber atacar o inimigo ali onde ele menos espera, ela tem um macho, eu vou comprar uma fêmea, uma pequena buldogue fêmea que vai me abrir as portas da internacional...

(*Círculo VII – Castaglione*)

... calma, meu anjo, um dia eu serei sua e você será meu, e estará dentro de mim, e nesse dia você se dará conta com um espanto gélido que já será tarde, tarde demais para voltar atrás ou imaginar uma retirada, oh, sim, meu anjo, olhe para a sua amada feiticeira, faça e refaça o seu papel de macho dominante, você, o grande chefe da manada, condutor de homens, mais um a quem a mãe sempre disse meu filho você é o mais bonito de todos, o mais inteligente, imagine, para chegar e apresentar números tão desprezíveis, desprezíveis, desprezíveis, e essa pobre mulher que se deixa torturar, vítima de sua incompetência, e além disso não foi muito beneficiada pela natureza, ela devia relaxar, é um conjunto, para não falhar basta conhecer bem as regras, pobre idiota, é bem verdade que a sua mente é feita à imagem do seu corpo, tortuoso e dissonante, ela me sai com uma das suas, durante o nosso último café da manhã de ideias, falando sobre a desregulamentação do direito do trabalho nos países em via de desenvolvimento, simpatizantes antiglobalização de todo o mundo, uni-vos, felizmente ninguém ouviu nada, ela certamente vota na esquerda, e esse grosso do Stoeffer, que deixou cair o café, da próxima vez eu não os convido, eu iria com De Vals e Pujol, mesmo que sejam totalmente incompetentes pelo menos sabem se comportar socialmente, afinal, sou eu quem organiza esses cafés da manhã de ideias, pronto, o imbecil lhe pergunta sobre os inadimplentes e aproveita para lançar um ultimato, ela tem dois meses para recuperar tudo, caso contrário ele será obrigado a tomar medidas de represália, definitivamente, é a guerra de nervos, ele quer a demissão dela, esse tipo de atitude me deixa louca, humilhar o outro para se reforçar no poder, eis uma perversão tipicamente masculina, os homens são patéticos, estou totalmente de acordo com Valérie Solanas e suas colegas de *Queer Studies* em que todos eles deviam ser castrados desde o nascimento, menos testosterona, mais serenidade, eis uma ótima ideia, bom, espero que Jean-Christophe não tenha vomitado hoje, ontem ele pôs para fora todos os croquetes de peixe, meu bebê, tenho certeza de que a agressão que ele sofreu no fim de semana tem a ver com isso, quando eu vi aquele monstro aparecer de repente meu sangue gelou, meu pobre querido, você brigou firme, mas como é que poderia querer vencer um adversário dez vezes maior, ah, ainda vejo o dono dele agarrando-o pelo pescoço e batendo nele com a corrente enquanto o meu pobre Jean-Cri, caído de lado, urrava, que horror, e depois ainda teve o estresse da espera no veterinário, se ele não tivesse sobrevivido eu teria feito um belo contrato de olho por olho e dente por dente com aquele cachorro estúpido, não entendo como a Françoise consegue engolir tudo isso sem dizer nada, no lugar dela eu me retiraria da sala batendo a porta, bom, mas eu não estou no lugar dela, talvez daqui a vinte anos, mas por enquanto realmente não, esse idiota tem medo de mim, eu sinto isso, deve sentir meio confusamente que estou cercando ele, será que não percebeu que fico sempre olhando para ele, pronta para dar o bote, será que desconfiou que eu percebi o quanto o deixo excitado, ah, ah, se você me quiser vai ter de pagar muito caro, sou uma verdadeira feiticeira, leio a alma das pessoas e não tenho compaixão, eu me divirto com o sofrimento dos outros, ou, melhor, ele me é indiferente, esta reunião é uma maravilha, agora é a vez dessa besta da Meyer e desse ser ignóbil que é o Tissier serem interrogados, sempre o mesmo refrão, desrespeito aos procedimentos internos e comitê de avaliação, ah, ah, tive uma ideia excelente naquele dia, o tonto do Rorty ficou todo contentinho, ondas de desejo iam e vinham em torno dele, pobre, pobre bebê, as mulheres inteligentes o deixam excitado e ao mesmo tempo o aterrorizam, ah meu belo macho, que começa a rugir de novo, já que não dá para recuperar o dinheiro fora então vamos tentar por aqui mesmo, primeiro, as notas de despesas, as últimas têm sido exorbitantes, alguns colaboradores acham que estamos de férias num cruzeiro, a partir de agora todas as notas de despesas terão de ser assinadas e autorizadas por ele próprio, e os materiais de escritório, hein, Françoise, os materiais de escritório, vamos nomear um encarregado só para isso, além do trabalho pelo qual é pago ele também zelará para que cada colaborador só peça papel, canetas e pastas em caso de absoluta necessidade, e o telefone, temos de controlar sistematicamente a frequência e a duração das ligações, chamar o colaborador quando ele ultrapassar um determinado patamar e cobrar explicações, se ele mentir, teremos condições de checar para onde foi feita cada ligação, oh, meu belo macho dominante, com você a vida é tão bela quanto um curso de etologia, meu lindo babuíno que bate no peito e lança gritos estridentes com o único objetivo de amedrontar os seus congêneres, o Cristo nos ensinou, a testosterona é o caminho mais curto para o martírio, a vida é um sonho cheio de ruídos e de furor contado por um idiota, bom, por que um idiota, não se trata de um idiota, porque só os homens escrevem a história, é claro, mesmo sem saber viver a deles, os homens estão fora, não param de gesticular, de se exibir, de desfilar, de dar a si mesmos a impressão de serem grandes, belos, fortes, protetores, mas na verdade estão sempre repetindo a mesma cena aflitiva, o que se pode esperar de criaturas tão estúpidas, pegajosas e vaidosas além da intensa voluptuosidade de vê-las sofrer, gosto que os homens gostem de mim, gosto que gostem de mim a ponto de perderem a compostura, a dignidade humana, pobre Jean-Baptiste, você era tão bonito, tão amoroso, tão chocante na sua estupidez, quanto tempo eu já aguentei você, três semanas, um mês, ainda ouço o seu discurso-padrão, você sabe, nós os atores, os artistas, a exceção cultural francesa, a defesa do direito fundamental de expressão, não existe coisa mais vil, mais presunçosa e mais estúpida do que um artista que se toma por artista, sobretudo quando ignora que deve a sua remuneração a um regime de solidariedade cujas bases menospreza alto e bom som permanentemente, os desempregados pelo menos não ficam fanfarroneando por aí, ah, Rorty, meu belo macho dominante, você não é nem trabalhador autônomo nem desempregado, pelo menos você, você é um homem que dá segurança, um homem de verdade, querido Rorty, se eu o pego, cuidado, hein, eu saberia levar você ao paraíso para depois fazê-lo cair até o inferno, olha só, ele me olhou de novo fingindo indiferença, se soubesse tudo o que sei sobre ele, se soubesse que cada olhar seu, cada entonação denuncia os seus medos mais secretos e os seus desejos mais profundos, você é tão transparente e carente de mistérios quanto um coelho engaiolado, um peixe num aquário, uma bactéria sob a luz ofuscante de um microscópio eletrônico, ainda não encontrei o homem que saberá me dominar e sei que não será você, no fundo você é desprezível, tão desprezível quanto todos os outros homens desprezíveis que já encontrei e ainda encontrarei, todos os homens são desprezíveis, eles sentem o seu cheiro, seguem você, eles a cobrem de elogios e presentes, mas, no fundo, só uma coisa lhes interessa, cuspir a sua semente estúpida e se perder dentro de você, esse fingimento vil é repugnante, ah, que delícia, agora Rorty avança em cima desse playboy ignóbil do Pujol e pede que ele se explique em relação à campanha estatal de prevenção de acidentes de trabalho, como foi possível termos perdido a concorrência sendo que estávamos com ela praticamente na mão, os documentos finais já tinham o acordo unânime do cliente, o diretor de comunicação já tinha agradecido publicamente à agência pelo trabalho entregue e prometera telefonar na mesma semana depois de mostrar ao seu diretor para uma simples autorização e a partir daí, nada, mais nada durante semanas e semanas e ficamos sabendo através da imprensa que uma agência concorrente levou a conta, não consigo entender como se pode deixar escapar mais de quatrocentos mil euros, ganhar essa campanha era uma oportunidade financeira excelente, sem contar a repercussão em termos de imagem, estou extremamente surpreso e decepcionado, ah, ah, a cabeça de burro desse Pujol, está bem menos pavão hoje, pequeninas gotas de suor escorrem na sua testa, será que está com medo de não conseguir chegar até o final do seu período de experiência, considerando a vida que leva seria uma pena para ele, ah, ah, até rio de vê-lo assim em dificuldade, nunca gostei da sua arrogância de falso galã, sua maneira de olhar de lado para as assistentes mais novas, o quarentão em todo o seu esplendor, as meninas do meu setor o adoram, acham-no charmoso, aqui ele me faz pensar mais é num peixe, uma pescada de olhos redondos e inexpressivos, como será que vai sair desta, espero que não comece a chorar como essa anta gorda da Brémont, vamos lá Pujol, mais uma forcinha para recuperar a soberba, Pujol, pu-jol, duas sílabas patéticas que soam como uma cusparada num túmulo, a transparência dos mortos, a fase do espelho ou a aprendizagem do escópico, o avesso e o lado certo dos órgãos, eu sou bonito, mamãe, olha como eu sou bonito, o mundo é minha mamãe, eu não devia ter dormido com o meu psicanalista, militantes da causa freudiana, venham a mim, eu cometi o irremediável, é só o que sei fazer, cometer o irremediável, estou doente, é incurável, conheço detalhadamente a origem e todos os sintomas disso, estou doente e deixar o outro doente me faz um bem infinito, o prazer de vê-lo no chão, como uma larva grotesca, alegria de vê-lo ferido de morte, eu sou uma Górgona, quem me olha de frente se petrifica, por que sofrer quando podemos fazer os outros, os homens, pagarem por aquilo que nós sofremos, durante muito tempo não pensei em outra coisa que não fosse morrer, nunca consegui acabar comigo mesma, éter, salto pela janela, medicamentos em excesso, todos os meios eram bons, mas eu sempre sobrevivia, lembranças de luzes fulgurantes, vozes múltiplas e discordantes, paisagens psicodélicas, mortos luminosos, corredores marmorizados, a cara horrorizada de mamãe no hospital, voltemos a esse aflitivo Pujol, até que não está se saindo muito mal, fico decepcionada, ele não gagueja, não fica vermelho, atribui a responsabilidade por tudo ao chefe de gabinete do ministério, que trocou subitamente a equipe de comunicação, aos seus coordenadores de projeto, que não o alertaram a tempo em relação às mudanças suscetíveis de colocar em questão a validade dos acordos já fechados, à recepcionista, que não conseguiu fazer as chamadas telefônicas, enfim, todo mundo é culpado menos ele, o belo

Pujol, que talento para a negação, que brio na bazófia, e eis que ele já emenda um outro assunto, os novos clientes que ele vai trazer, seu cunhado ou sei lá quem é diretor de marketing do grupo Vitalia, estão descontentes com a agência atual, ele já lhes teria vendido os nossos serviços, o cunhado abriria o caminho para o diretor de comunicação e para o de Recursos Humanos, só faltaria agora esperar pelo momento certo para aplicar a mudança, Rorty continua com a cabeça fervendo, mas Pujol o afoga num mar de promessas, de novos clientes potenciais e milhares de euros, comprometendo-se ao mesmo tempo a punir os elos mais frágeis de suas equipes, Rorty relaxa subitamente, esses argumentos parecem tê-lo convencido, ele passa ao ponto seguinte, Tissier aguarda a resposta de uma ONG especializada em comércio equitativo, a resposta é iminente, seus indicadores são otimistas, é uma conta modesta, mas que oferece uma oportunidade excelente para o capital de imagem da empresa, quanto ao dossiê Symphonium, que abordamos na vez passada, ele está redirecionando as coisas, quase perdemos a conta por causa do gerenciamento catastrófico e da displicência dos seus predecessores, Sebbag e Blanchet, esse Tissier fala num tom tão sóbrio, tão professoral, quase dá para acreditar nele, mas desconfio que seja um mentiroso sem igual, alguma coisa no seu rosto, talvez o contraste entre os traços inexpressivos de filhote de elefante e os olhos simiescos traia uma propensão à dissimulação e à mentira, acusar pessoas que já não estão na empresa, não, isso é grosseria demais, dá o que pensar, como consegue ser tão desprezível assim, e Rorty engole tudo, Rorty, oh, meu pequeno deus dos resultados brutos, meu herói redutor de efetivos, por mais que finja indiferença sei muito bem em que você está pensando e você só está é pensando naquilo, eu sei, um dia, talvez, se você se comportar bem, e logo depois eu ponho uns cornos em você com o Pujol, meu Deus, que palhaçada, tomara que Jean-Christophe não vomite, talvez esteja com um problema no estômago, talvez aquela besta tenha perfurado o seu baço ou o pâncreas, pobrezinho, ele é tão fofinho quando dorme no sofá, com a linguinha que sai da carinha de diabrete, nessas horas sinto tanta vontade de abraçá-lo, de afagá-lo como um bebezinho adorável cheio de amor, tomara que não sofra sequelas dos ferimentos, eu devia comprar um apito desses de ultrassom, é a única forma de conter os cães enfurecidos, para não ter de enfrentar de novo uma violência tão brutal, os machos dominantes são ávidos de sangue e de guerra, eu sei qual é a solução para deixá-los tão apaziguados quanto um cordeiro, alguns gramas a menos e o mundo ficaria mais belo, mais suave, uns graminhas de menos, é uma grande ideia, Rorty continua a fazer a volta da mesa e agora interpela Roussel sobre a reestruturação da criação, Roussel responde que a reestruturação está em pleno curso, as equipes antigas estão saindo, e paralelamente novos times foram contratados, os equipamentos de informática foram todos renovados, a capacidade de armazenamento melhorada, o arquivamento e a digitalização de todos os dossiês foram facilitados, na própria sexta-feira passada foi realizada uma reunião, os funcionários foram avisados das novas regras de funcionamento da empresa e convidados a negociar a sua saída caso não estivessem de acordo com elas, entre os produtores de som já houve duas demissões e um acordo, em breve ficará apenas Benoît, ele nos custa dois mil e quinhentos euros e dá conta de uma carga de trabalho fenomenal, por esse valor vale a pena mantê-lo, precisaremos, de todo modo, de um fixo para cuidar do dia a dia, Rorty aprova, esse Roussel é um chato, mal chegou e já se mostra tão enfadonho, e além disso ele se faz de irônico, distante, eu não sou daqui, estou apenas de passagem, mas me diverti muito com vocês, o que eu mais detesto são os cínicos, os mais desprezíveis de todos os desprezíveis, fingem reivindicar uma condição que não escolheram porque no fundo se recusam a assumi-la, como esses feios que se enfeiam de propósito ainda mais só para mostrar o quanto desprezam a aparência física, e esse tonto do Alighieri, o que ele está olhando com tanta intensidade, o céu talvez, não acredito, quando Rorty lhe faz uma pergunta, ele mal se digna a responder e não para de olhar não sei o quê, meu Deus, que cara engraçado, parece estar completamente drogado, a não ser que sonhe de olhos abertos, esquisito esse rapaz, Alighieri, ex-candidato à Escola Normal Superior, ex-seminarista, ex-crítico de arte, tão inescrutável quanto dândi, Rorty se volta de novo para Tissier, que lhe responde com sua morbidez habitual, que horror, esse sujeito, sinto pena da mulher dele, parece que estão se divorciando, nada mais justo, espero que o obriguem a pagar uma pensão alimentícia daquelas, eu também devia começar a pensar nisso, casar, instituir família, já é tempo, mas para isso preciso achar um homem, mas que nada, como eu sou besta, o homem eu já achei, é só esperar pelo momento certo para escrever uma história em comum, depois do Tissier é a minha vez, tenho trinta segundos para bolar um tema para o próximo café da manhã de ideias...

(Círculo VIII – Rorty)

... 12:44, tem ainda mais um ponto na pauta, depois eu almoço com o Fischer, ele vai me cobrar de novo o orçamento do ano, já estou com cólicas, droga de intestino, sempre resolve se soltar na hora errada, rápido, vamos pensar em outra coisa para não ter de sair correndo para o banheiro, ELA nos apresenta o tema dos próximos cafés da manhã de ideias, o marketing ético, ELA tem razão, é um conceito muito bom, uma ondulação imperceptível da cabeça, porte altivo, testa poderosa, boca embriagadora, voz enfeitiçante, se ELA soubesse o quanto a quero, ELA só tem ideias boas, muito, muito boas, e eu também, só tenho ideias boas, muito, muito boas, fomos feitos um para o outro, roubei-as de novo do Nietzsche, são incríveis essas páginas na internet para estudantes, um dia preciso ler em livro mesmo, um dia, se eu tiver tempo, são tantas palavras, livros e conceitos para guardar, melhor ir direto ao essencial, dentre as tendências emergentes do marketing está a tomada de consciência dos próprios consumidores em relação às condições de produção, voz suave e grave, pescoço de corça, olhos de brasa, não a olhe, finja ignorá-la, os dois dando uma de indiferentes, cínicos, ELA não deve ter a menor dúvida de que eu a desejo, depois daqui vou almoçar com o Fischer, já sei o cardápio, chantagem, ameaças e companhia limitada, se você não conseguir pelo menos mais duas contas importantes daqui até o fim do ano teremos de rever os termos da nossa colaboração, nós fixamos metas para você, há ainda um semestre inteiro para atingi-las, ou, melhor ainda, ultrapassá-las, por enquanto você ainda está bem longe disso, já está mais do que na hora de aumentar o ritmo, ai, meus intestinos, eu entro então com o velho truque de suprimir as gorduras, a arma principal do financeiro em desespero, o coringa total, comprimir a massa salarial, reduzir o lastro para compensar a morosidade do mercado e recuperar um bom resultado operacional, oh, nada de muito terrível, trinta por cento do pessoal até o fim do ano, de oito a nove demissões por mês durante seis meses para driblar o plano de proteção ao emprego, na moita, ah, ótima ideia, e assim meus pobres intestinos se acalmam, *relax*, *man*, está tudo bem, eu sou o faxineiro de mãos limpas, o anjo exterminador de asas imaculadas, o serial killer de olhos azuis, bom, por quem eu começaria aqui nesta mesa, Meyer, não, tem tempo demais na empresa, cuida bem dos clientes dela, perdê-los seria um absurdo, Pujol, esse cretino do Pujol, essa é uma boa ideia, ainda está em período de experiência, e considerando a contribuição dele, nenhuma trégua para Pujol e sua cara de sonâmbulo estúpido, a Brémont também, um corpo nada brilhante, displicência, falta de confiança, vamos lá, pode cair fora, e Tissier, nosso Tissier nacional, tão pedante, tão enfadonho, tão pouco sedutor, seria besteira perdê-lo, eu me sinto tão bonito, tão forte, inteligente ao lado dele, já o outro alcoólatra, Stoeffer, aí são outros quinhentos, ele continua a olhar para mim com um jeito esquisito, por que me encara desse jeito, ele me detesta, e pelo menos não esconde isso, é claro e sem subterfúgios, já devia tê-lo dispensando há séculos, mas alguma coisa me impediu de fazê-lo, o medo, talvez, sim, o medo, um verdadeiro animal, esse Stoeffer, acho que é capaz de tudo, principalmente do pior, De Vals me irrita, mas traz muito dinheiro, estratégia refinada, um tino comercial maravilhosamente agressivo, uma bela máquina de guerra, uma demonstração de que existem funcionários que sabem se desempenhar muito bem, competitivos, normais enfim, afora ELA, é claro, enfim, ELA também é outra coisa, é mais do que uma funcionária, minha futura amante em potencial, não, futura amante mesmo e só, devo atacá-la por todos os lados, de preferência de surpresa, nada melhor do que uma guerra-relâmpago bem conduzida para se conquistar novos continentes, Cortez, Colombo e Magalhães que se cuidem, na semana que vem tem o grande prêmio de comunicação corporativa, depois de algumas doses, acompanho-a até a sua casa, bem, chega de digressões, melhor ficar no presente e continuar essa consulta miserável aos participantes da mesa, essa vaca da Clément-Dourville, que tristeza, que imagem ignóbil ela transmite da empresa, não consigo demiti-la, vamos acelerar isso, Roussel, *no sé*, vamos esperar que ele conclua a primeira etapa do seu período de experiência, haverá tempo para renovar o contrato, e esse tonto do Alighieri, se soubesse que está com os dias contados na empresa talvez parasse de contar vantagem sobre si e tentar gozar da minha cara, totalmente fora de órbita esse Alighieri, sem contar a sua presunção intelectual, outro dia ele se atreveu a me contradizer em público, quem ele acha que é, esse estúpido, uma droga de um intelectualoide, tudo isso só porque fez mestrado em filosofia e publicou a tese em sei lá qual obscura revista literária de vanguarda, eu também escrevo livros, seu pobre miserável, merdinha, vou esmagar você que nem uma pulga desprezível, daqui a quinze dias eu ponho você para fora depois de alguns avisos prévios e cartas registradas, essa massa salarial odiosa, Fischer vai cair em cima de mim mais uma vez só por causa de você, ah, o capital verde, o respeito ao meio ambiente, a responsabilidade da empresa perante os seus funcionários, o compromisso das marcas em tornar o mundo mais belo, mais justo, mais habitável, critérios fundamentais de simpatia com respeito aos consumidores, se ELA soubesse como tudo isso me é indiferente e o quanto a quero, ELA, imagino-a nua, lasciva e cruel, e me desmancho todo nessa imagem excessivamente perfeita, Jean-François Rorty, diretor de empresa, casado, dois filhos, uma nova amante, pouco importa, desde que as aparências sejam preservadas, Audrey não ficará sabendo de nada, o que existe de mais natural do que trair a esposa quando se é um executivo enterrado até o pescoço em responsabilidades, já a vejo aqui, o pobrezinho, essas reuniões que terminam tão tarde e todos esses finais de semana trabalhando, a mentira, típica do homem, só os animais e os miseráveis nunca mentem, Audrey, minha bela Audrey de Ribancourt, nosso casamento foi um êxito absoluto, mas hoje o casal que somos é um barco à deriva, Audrey, minha bela Audrey, você é tão bonita, tão perfeita, tão certinha que nunca consegui amá-la, um casal de fachada, casal-álibi, com um cotidiano tão belo quanto uma página de publicidade numa revista internacional de moda, Audrey, minha bela Audrey, você também não me ama, nunca me amou, e não estou nem aí, se pensa que não vejo você vindo com esses seus cursinhos de imposição de mãos em Ardèche ao custo de quatro mil euros por semana, curso de imposição de mãos, sim, estou vendo, surubas campestres, isso sim, rituais orgíacos, brincadeirinhas dionisíacas ao luar, e tudo isso comandado por um desses gurus naturistas que pululam nas montanhas francesas, essa idiota tem um amante, tenho certeza, ela me trai com um guru naturista, só isso pode explicar as suas recentes esquisitices, suas palavras sibilinas, seu olhar ao mesmo tempo ausente e lânguido, sua paixão repentina pela ioga e pelas cartas do tarô, sua dieta à base de raízes, algas e tofu, que delícia, essa mulher, se ELA soubesse o quanto a desejo, De Vals intervém, e avança no mesmo sentido de Sophie e gostaria apenas de abordar uma questão correlata, a psicanálise das marcas, belo rapaz, esse De Vals, o rosto quadrado, a pele bronzeada, os olhos pretos cheios de intensidade, corpo atlético, um *look* de galã, a psicanálise das marcas, boa ideia, talvez a única utilidade concreta dessa invenção estúpida, libido, recalque, complexo de castração, fase do espelho, quanta charlatanice, todo apoio a esse texto contra a psicanálise, um viva às ciências cognitivas, um viva às certezas empíricas, o que é o ser humano senão uma reunião vulgar de átomos, de moléculas e de correntes eletroquímicas, alguns funcionam melhor que outros, *that's all*, onde está o mistério nisso, depois do lançamento do meu livro eu deveria começar a me debruçar sobre esse assunto, publicar um outro com um título bem chocante do tipo *O último mistério* ou *Nos confins do mistério*, e o mistério, justamente, é que não existe mistério algum, com o apoio das ciências cognitivas e das terapias comportamentais, seria mais ou menos um antimanual de psicanálise, em que eu atacaria também todas essas bobagens místicas e esotéricas de todos os tempos, druidismo, xamanismo, taoísmo, sufismo, animismo, já posso ver o sucesso, com presença em todos os programas de televisão, seduzi-la cada vez mais, ELA tem de ficar louca por mim, ELA é tão bela, tão estranha, o único porém é o seu cachorrinho estúpido, vou precisar dar um jeito nele também, oh, um acidente, uma queda da janela do sexto andar, não, não, estou brincando, contanto que ele não durma junto com ELA, essa droga de alergia aos ácaros, todas essas vidas invisíveis e moleculares me causam enorme repulsa, ah, sim, preciso lembrar-me de dizer à Audrey para mandar vir a faxineira duas vezes por dia, o sofá da sala está soltando muito pelo, tenho pavor dessa poeira de merda, principalmente depois de ter lido aquele artigo sobre a contaminação registrada no sangue de alguns deputados britânicos, ou do Parlamento europeu, não lembro bem, o risco de morte causado pelos materiais, o risco de morte causado por animais, por isso nunca pude viajar para os países tropicais, medo de ser picado por aqueles insetos escrotos, no mês passado não consegui visitar Bart no seu sítio em Yucatán justamente por causa de uma crise de medo, tive de dar meia-volta no caminho para o aeroporto alegando uma dor no ciático, umas visões horrorosas de serpentes, aranhas que tomavam conta de mim por todos os lados, suor frio, os intestinos pegando fogo, um pânico de ser tomado por bactérias fatais assim que saísse do avião, tomara que nunca ninguém fique sabendo disso, já posso ver o sorriso irônico dos funcionários, dos concorrentes, da internacional, dos acionistas, as notinhas assassinas na imprensa, a verdade revelada da fobia de Jean-François Rorty, presidente da agência KLF, que nunca pôs os pés em países tropicais porque o pânico de serpentes e aranhas lhe deixa borrando de medo, pronto, penso de novo em Fischer, que horror, os olhos dele me atemorizam, sua autoridade implacável me deixa paralisado, eu queria muito cumprir tudo o que ele exige de mim, mas ele põe as coisas num nível elevado demais, demais, meu Deus, como é que ele consegue ser tão forte e eu tão fraco, basta ele se mostrar intransigente e ameaçador para que eu me desestabilize todo, me desfaça em mil pedaços, agonizando de tantas dores e com vontade de me matar, basta ele me elogiar para que eu me sinta flutuando nos ares, com vibrações de reconhecimento atravessando todo o corpo, achando-o imensamente belo, sinto quase vontade de me atirar no seu pescoço e de beijá-lo, divinamente confuso, tão estupidamente feliz quanto uma garotinha que acaba de receber uma boa nota da professora, ELA já está terminando a sua intervenção, daqui a alguns minutos será a minha vez, Stoeffer acaricia o bigode e a barba malfeita fazendo uma careta, tenho nojo dele, esse cara é um poço cheio de um ódio infecto, Alighieri, em plena meditação transcendental, cuidado, daqui a pouco ele vai levitar, sem problema, Alighieri, eu ajudo você a descer de volta, Pujol olha para os seus sapatos, Tissier, sempre lastimável, limpa o nariz, Brémont observa Tissier limpando o nariz, massa salarial odiosa, que espetáculo lamentável, e ELA no meio, e Fischer me esperando na esquina, oh, o olhar inflexível dele, suas rugas implacáveis quando me pergunta sobre as contas do mês, minha única saída é me esmagar inteiro, me rebaixar, cada vez mais baixo, perder qualquer dignidade humana, tornar-me tão reles quanto uma lombriga, um verme, uma barata, patinar num mar de dejetos da Bolsa e me alimentar de excrementos em taxas variáveis, ELA em breve vai encerrar o seu discurso, e eu vou estar com Fischer, tomara que ELA não tenha escolhido almoçar no mesmo restaurante que o nosso, tomara que não me veja com ele, ou, pior, que Fischer não a convide para almoçar conosco, Fischer a seduziria, pesadelo total, chega, chega de pensar em Fischer, tenha a coragem de se desligar, estou encurralado, não posso mais recuar, estou sem saída, encurralado entre a beleza dessa mulher de olhar profundo e o pavor de Fischer, socorro, velha amiga, venha me resgatar e me dizer que nada disso é grave, que tudo vai acabar bem, futuro irrefutável, minha companheira de todos os instantes, aí está, já sinto o seu acariciar suave e glacial, a morte é a falta do saber viver, Pierre Dac, que bom que você está aqui, só você me entende, só você conhece o verdadeiro valor das coisas, vaidade, tudo é vaidade, o Eclesiastes, dessa vez, pronto, estou morto, para mim o Reino das trevas, corredores sombrios e luminosos, chamadas no escuro, sentimentos confusos, solidão porosa dos espaços sem dimensão, socorro, não vejo mais nada, só o pavor de Fischer, os intestinos, mais uma vez e sempre esses intestinos de merda, droga de corpo, um monte de carne estragada, podridão e mais podridão, não posso interromper isso aqui agora para dar uma corridinha no banheiro, droga desses órgãos, máquinas de fazer merda, reservatórios de excrementos e bactérias, viva o futuro, viva a profilaxia, a protética e os materiais inteligentes, opa, mais uma ideia para um livro, *O adeus ao corpo na beleza*, ou só *O adeus ao corpo*, caramba, isso já foi escrito por não sei qual antropólogo, pouco importa, fazer uma exaltação aos mundos futuros e virar o Aldous Huxley dos anos 2000, *O admirável mundo novo* está ao nosso alcance, e eu me encarrego de escrever sobre ele, sou um grande visionário, ELA olha para mim, logo acabará a sua intervenção, ELA é tudo o que eu quero da vida, da morte e de todo o resto, não posso esquecer-me de abordar o ponto do solário, e depois vem o almoço com Fischer, não, eu não sou nenhum visionário, sou apenas um executivo de empresa que sofre de colopatia e está frito, ah, esse Alighieri, continua fora de órbita, eu o odeio, não sei por que o odeio tanto, mas se dependesse de mim eu o poria para fora já, e Audrey, que não para de ficar convidando os seus novos amigos de Ardèche, raça miserável, atores, artistas plásticos, etnólogos, educadores, diretores de teatro, escritores, com sua aparência falsamente descontraída, tudo bem no meu corpo astral, tudo bem na minha vida cósmica, ontem à noite estavam de novo lá, refestelados no meu sofá de dez mil euros, já no primeiro olhar eu senti o desprezo deles, o ódio do *winner* cheio da grana, do financista, droga de artistas, um vil populacho de intelectualoides esquerdistas, trabalhadores sociais e babacas associados politicamente corretos, quem eles pensam que são, esses miseráveis, grana, grana é o único valor tangível, a única variável objetiva em qualquer mercado, mesmo no de arte, o mercado de arte, que ironia, é a prova de que o mundo deles não tem nada de uma bolha encantada protegida das leis da oferta e da procura, odeio os artistas, esses cachorrinhos biscateiros, criadores de vento, a última FIAC (Feira Internacional de Arte Contemporânea) foi patética, que vergonha, todas aquelas merdas aclamadas como obras-primas, não existe mais estética nessa competição de nulidades do que numa lata de lixo ou num rolo de papel higiênico, opa, eis uma boa ideia, vou expor uma lata de lixo e dizer que se trata de uma obra de arte, ELA é tão envolvente, daqui a cinco minutos, Fischer, o orçamento, meus intestinos, massa salarial odiosa, mercado odioso, ser um artista rico, festejado e adulado, não um executivo de empresa sob pressão...

(Círculo IX – Clément-Dourville)

... uma corrente gelada não identificada entre o umbigo e o peito, tempestade de detritos, não dizer mais nada, afundar-me, a ambulância, a estrada, as árvores, os cateteres, como Hubert, descanso eterno, fechar os olhos e não ver mais nada, a não ser a imagem abjeta dessa coisa inominável que me corrói o peito, as ondas, as mesmas ondas geladas de sempre, movimento do horror imóvel e depois giratório, por que o mundo é tão duro, por que esse frio, sumir, sumir, dormir para sempre e me transformar em alguma outra coisa, cão, árvore ou uma parede de granito, qualquer coisa menos este corpo em que não consigo parar de cair, ondas geladas se irradiam pelo meu peito, olhos sem alma me encaram, tentar me segurar na minha vida, qual vida, papai já perdeu o juízo, outro dia ele achou que eu fosse o Jean-Claude, que tristeza, um homem que sempre foi o nosso pilar, nosso guia, Hubert vai partir logo, Delphine não quer mais nos ver, Rorty me agride e não sei mais o que responder a ele, eu, a velha, de repente virei uma velha, a feia, a de saúde delicada, perdi mais peso, meus dentes se deslocam, minhas rugas se aprofundam, não consigo ver mais humanidade nos olhares desses homens sedentos por lucros do que numa máquina de elevador, mundo do trabalho, minha única diversão, meu último refúgio, agora cercado, tomado de assalto pelas imposições das necessidades financeiras de curto prazo, o cantinho de realidade que levei anos para construir agora se esfarela, nada poderá impedir a sua destruição, dei tudo de mim pelo meu trabalho, mas ele agora não me quer mais, acabarei por ficar só comigo mesma, cara a cara com a morte de Hubert, com a decadência do papai e com a minha solidão, de novo esse vento glacial aqui dentro, e o chão que se desfaz, e essas caras mudas, fantasmagóricas, desumanas, meus tranquilizantes são impotentes para conjurar o horror que se faz presente a todo instante, dia e noite, sem descanso, tive pesadelos de novo esta noite, sempre os mesmos, aquela casa horrorosa, aparece Hubert, alguns funcionários da empresa, eles estão lá, estáticos e vaporosos, falo com eles, mas ninguém responde, e subitamente tenho consciência de que estão todos mortos, que aquela casa é uma casa da morte e que nada mais existe, nem alegria, nem sonho, nem esperança, nada além desses pesadelos, é impossível fechar os olhos, minhas noites são um lixo e os dias são um lixo maior ainda, estes homens estão vivos, mas os seus olhares são mortos, tão mortos quanto esses fantasmas assombrados diante do súbito vazio de seu desaparecimento da Terra, afundar-me, a ambulância, a estrada, as árvores, os cateteres, como Hubert, descanso eterno, fechar os olhos e não ver mais nada, a não ser as ondas, essas ondas geladas de sempre, Hubert logo irá partir, hospitalizado pela quarta vez, já fez três pontes e o coração continua fraco, o prognóstico dos médicos foi claro, e Delphine nem sequer telefonou para ter notícias do pai, o que é que ela afinal desaprova em nós, nunca entendi, nunca consegui captar o que se passa na cabeça dela, o que ela diz sobre nós para o noivo, para os amigos, que tipo de horror ela seria capaz de inventar para justificar esse silêncio, meu Deus, como é que a gente pôde criar uma pessoa tão fria, indiferente e rancorosa, como permitimos que se afastasse tanto, e a família, qual família, Hubert irá partir logo, fechar os olhos e não ver mais nada, a não ser a imagem abjeta dessa coisa inominável que me corrói o peito, as ondas, sempre as ondas, movimento de um horror imóvel e giratório, petrificação da carne, do espírito e do resto, a certeza de que tudo vai mal, mas que tudo pode piorar ainda mais, que o pior está por vir, que cada segundo é uma promessa de um sofrimento ainda maior, que, mesmo que eu esteja destroçada, deslocada, arrasada, aniquilada pelo horror, sua realidade, ainda sim, estará presente, lutar, lutar para não cair, contemplar o céu, o belo céu, as nuvens brancas magníficas, a visão serena de seu movimento, Alighieri contempla o céu, Alighieri contempla as nuvens brancas magníficas, Alighieri, talvez o único ente com vida nesta reunião, poderia me dar alguma esperança, esperança, palavra absurda, um sentimento distante, tentar, apesar de tudo, me segurar, segurar nele como se fosse uma corda, contemplar o céu como ele contempla e me aconchegar na sua felicidade, sua felicidade, que engodo, pura ilusão, um cenário de papelão, aparências atrás de aparências, a corda se rompe, não vivemos no mesmo mundo, essa luz me agride, esse azul me oprime, Hubert logo partirá, eu vou sair desta empresa que levei tantos anos para construir, imagem de minhocas esmagadas ao lado de uma guimba de cigarro, há uma chuva de cinzas, a guimba agora desapareceu, tudo se carbonizou, nada conseguirá impedir que eu me perca, que eu afunde para sempre no silêncio eterno dessa fumaça glacial, descanso eterno, fechar os olhos e não ver mais nada, as ondas, ondas mortais, prisão de gelo, podridão imóvel, lenta decomposição, por que este mundo, por que este frio, sumir, sumir para longe, bem longe, dormir para sempre para me transformar em outra coisa, em qualquer coisa, mesa, caneta, tomada, filtro de ar-condicionado, máquina de café, irradiação eletromagnética, as árvores, lá fora, fazem balançar as suas primeiras folhas, as árvores, lá fora, tão tranquilizadoras e no entanto também tão irreais, perder-me nelas, abandonar este corpo em que não paro de cair, coelho, vejo um coelhinho, ele está doente, ele chora, como é miserável o coelhinho, como é miserável o ser humano, um cadáver em preparação que cava, ele próprio, o seu futuro irrefutável, eles estão por aqui, à nossa volta, em toda parte, chamam por nós em sua realidade buliçosa e celular, Hubert logo partirá, socorro, preciso de uma boia de salvação para mim, por favor, rápido, o trabalho é a minha boia de salvação, boia que afunda, um trabalho em esfacelamento, mudanças, reunião, Rorty, Rorty imundo, tão imundo quanto os mortos do meu pesadelo, este mundo mineral e cinza onde toda esperança está banida, vivo numa zona de exílio e não vejo nenhuma saída no horizonte, o que fazer, aonde ir quando a morte é igual à vida, quando se está cansado demais, esgotado demais para preferir isso ou aquilo, seres humanos, amor de toda uma vida, equação antiquada, eu amava Hubert, eu amava papai, amava minha profissão, essa mudança é um suplício adicional, o aviso final, se fosse crente veria nisso talvez uma oportunidade, uma provação enviada pelo Todo-Poderoso para me ajudar a atingir a graça divina, ingressar em um além em que nunca acreditei, sou desesperadamente ateia e profundamente desesperada, a cada ano que passa a expectativa de vida aumenta em mais de um trimestre, este é um dado irrefutável, apesar da poluição dos lençóis freáticos, das alterações climáticas, do aumento dos casos de câncer e do inelutável crescimento das doenças relacionadas ao trabalho, a expectativa de vida aumenta em mais de um trimestre a cada ano que passa, o semblante sorridente dos cientistas entrevistados no telejornal, o semblante sorridente do apresentador, que horror esses dentes tão expostos, a absurda falta de sentido dessa causalidade, ele está feliz, sorri, a absurda falta de sentido dos segundos planos fisiológicos, moleculares ou sei lá o quê, que tornam possível esse estado, Hubert logo partirá, meu pai já fora de órbita e eu logo serei posta para fora daqui como um trapo velho, eu a perfeita, eu a trabalhadora, que sempre se entregou à empresa, que nunca poupou energias e horas de trabalho para defender da melhor forma os seus interesses, o plano desse Rorty é claríssimo, ele quer fazer do departamento jurídico um celeiro de jovens lobos trabalhando catorze horas por dia, ele vai demitir todo o meu pessoal, vai me usar para realizar a sua reestruturação e depois me pôr para fora para contratar um *cost killer*, um de verdade, ele acha engraçado o modo humanista como eu administro o meu pessoal, esse homem me despreza, esse homem me olha como uma serpente olha para um coelho, coelho, coelhinho, ele me olha de novo, um olhar torvo, sedento de sangue, continua vomitando sei lá qual teoria de administração, ele parece cheio de si, seus olhos brilham, esboça-se um sorriso em seus lábios sem alma, ele cita mais uma vez Friedrich Nietzsche, o filósofo preferido de Hitler, resgatar os nossos instintos de predador sufocados por séculos de moral judaico-cristã, conquistar todos os mercados, de modo a deixar o adversário exangue, não se contentar em sermos bons e sim sermos os melhores e que se danem aqueles que não querem seguir juntos na aventura, a seleção natural dará conta do resto, sejamos águias, não cordeiros, a empresa, cemitério de todas as esperanças, quadrados cinza de poliuretano onde se deterioram os pensamentos dolorosos de executivos exaustos, carpetes movendo-se sob passos indecisos de objetivos não atingidos, corredores transparentes, *open spaces*, espelhos de almas perdidas, destroçadas pelas pressões radicais das imposições financeiras de curto prazo, estresse, chantagem, assédio moral, acidentes vasculares, perturbações musculoesqueléticas, invalidez parcial ou total com subsídio integral, exploração nos países em via de desenvolvimento, onde crianças trabalham e se prostituem, eu, que sempre cuidei para que todo assalariado fosse tratado com respeito e consideração, não entendo, não entendo mais, não entendo mais nada porque não sou nada, nada além de um monte de dores reunidas, o horror está por toda parte e a paz não existe em lugar nenhum, a visão de filhotes coala irradiados sob um céu verde, fim do reino animal, agonia do vegetal, a humanidade nunca existiu, só o mineral sobrevive, nada poderá impedir que eu me perca, que eu afunde para sempre no silêncio eterno de um bloco de granito, sempre essas reminiscências de pesadelos, essa casa horrível, Hubert, os funcionários da empresa, e há Rorty no meio, Richard Stoeffer e Sophie Castaglione olham para ele, estão todos de frente para mim, eu lhes falo e eles me ignoram e aí eu sei, sei que eles estão mortos, sei que esta casa é uma casa de morte e que já não existe mais nada, nem alegria, nem sonho, nem esperança, nada além desses pesadelos, impossível fechar os olhos, as forças da morte esfacelam as da vida, minha vida sem ele, minha vida sem eles, minha vida sem vida, uma corrente gelada não identificada entre o umbigo e o peito, tempestade de detritos no silêncio, não dizer mais nada, afundar-me, a ambulância, a estrada, as árvores, os cateteres, Hubert, descanso eterno, eu vivo dentro do meu sonho, pequena casa de boneca construída na beira da galáxia, ali onde vivem os mortos de todos os tempos, os eternos sofredores, tão torturados, tão sofridos que desaparecer lhes é impossível, fechar os olhos e não ver mais nada, a não ser a imagem abjeta do inominável que se mostra no horizonte de todas as possibilidades, as ondas, de novo essas ondas geladas, movimento do horror imóvel e giratório, decomposição da carne e do espírito, a certeza de que tudo vai mal, mas que tudo pode ficar pior ainda, que o pior ainda está por vir, que cada segundo é a promessa de um sofrimento maior ainda, que, mesmo que eu esteja destroçada, deslocada, arrasada, aniquilada pelo horror, sua realidade, ainda sim, estará presente, a vida, parêntese de horror no meio do nada, como o sonho em que se movem os sem-forma e os sem-vida, turbilhão mineral de sabor mórbido, não estou morta, mas também não pertenço mais ao mundo dos vivos, o universo mutante e cheio de esperança desses homens de olhar conquistador me é estranho, tão estranho, conquistar, sempre conquistar, a abjeção dos colonizados, exterminação da América pré-colombiana, genocídio dos ameríndios, dos armênios, deportação dos africanos, depuração étnica na Sérvia, em Ruanda, torturas e *gulags* de todos os tipos, a imagem de um campo de concentração no início da manhã, a névoa evapora para revelar que AQUILO aconteceu, que nem mesmo a passagem dos anos e dos séculos poderá anular AQUILO, revejo mamãe em seu leito de morte, esgotada, desfigurada pela agonia e pela morfina, ela, que me falava sempre da paz eterna, da eternidade dos bem-aventurados, tudo o que ela conheceu foi o horror branco da doença, a história tartamudeia, a humanidade se asfixia e Hubert logo partirá, coelho, coelhinho que está morrendo, só vejo você, coelho, coelhinho ensanguentado, você é meu aliado, penetro numa zona cheia de ameaças e de penumbra e não consigo distinguir nada, nada além de sombras sofridas que se agitam, felicidade, libertação, graça, redenção, santidade, palavras-placebo, o método Coué ao alcance das massas, nanismo das luzes, nanismo dos grandes ideais humanistas, nanismo do sonho republicano, da educação, do progresso científico e de todos os sistemas de proteção social em relação à imensidão do nada, Rorty, sempre Rorty, Rorty é um pico, uma península, um monumento à glória da conquista, Rorty, anão interior com um sorriso dissimulado, Rorty e vontade de potência, Rorty e progresso, Rorty e superação de limites, Rorty e oportunidades de desenvolvimento, Rorty olha para mim sorrindo, sorriso de casinha de boneca, transparência de pensamentos fétidos, casinha cujos pisos sorriem, cujos tetos sorriem, as paredes sorriem, e essa moça, Castaglione, ela também sorri, o horror automático de todos esses dentes expostos, pesadelo, pesadelo, pesadelo, pesadelo, pesadelo, pesadelo, pesadelo, pesadelo, pesadelo, pesadelo, pesadelo, pesadelo, pesadelo, pesadelo, os dentes me levam a essa casa terrível, Hubert, os funcionários da empresa, Arnaud de Vals, Richard Stoeffer, Sophie Castaglione, Anne-Laure Brémont, Pierre-Henry Tissier e os outros, a realidade integral desta casinha de mortos, tudo o mais não passa de ilusão, fechar os olhos e não ver mais nada, a não ser a imagem abjeta do inominável que me corrói o peito, as ondas, sempre essas ondas geladas, o horror em velocidade radical rumo à perfeita imobilidade, passado, presente, futuro, todos juntos na certeza de que tudo vai mal, mas pode ser pior ainda, que o pior ainda está por vir, que cada segundo é uma promessa de um sofrimento ainda maior, que, mesmo que eu esteja destroçada, deslocada, arrasada, aniquilada pelo horror, sua realidade, ainda sim, estará presente, num canto da casinha está mamãe, ela segura o coelho, o coelhinho branco, um de seus olhos está furado e ele perde muito sangue, ele se debate com toda a sua energia de coelho, mas mamãe o segura pelas patas rindo sarcasticamente, em sua mão esquerda brilha uma faca, na verdade não é mamãe, parece com ela, dá para confundir, mas não se trata realmente dela, o mesmo penteado, o mesmo olhar, o mesmo corpo, mas alguma coisa nela me aterroriza, alguma coisa indizível e invisível que me leva a fugir dessa mulher malvada, procuro ir embora, mas ao mesmo tempo percebo que meus pés não me obedecem, não me obedecem mais, o medo me paralisa, estou condenada a ficar no mesmo lugar, como estátua, aterrorizada, a mulher se aproxima cada vez mais, afundar-me, a ambulância, a estrada, as árvores, os médicos, as enfermeiras, as palavras, os cateteres, Hubert, descanso eterno, fechar os olhos e não ver mais nada, a não ser as ondas, sempre as ondas, nada além das ondas, retorno à infância, tão feliz com papai e mamãe na DS (Citroën), de férias, maravilhados nas proximidades de La Rochelle quando a grande extensão azul se revelava em reflexos intermitentes, na estrada, do alto de um talude ou de um pequeno vale, a emoção dos primeiros odores de iodo, e depois o oceano, o oceano imenso que se aproximava...

2. O Purgatório

Roussel

... o que é que eu estou fazendo aqui, cercado por esse bando de loucos, por que me fazem participar do comitê estratégico deles, nem sequer terminei o meu período de experiência, melhor assim, posso dar o fora sem aviso prévio, talvez ainda esteja em tempo, eu sabia que o mundo empresarial era duro, mas não a esse ponto, quando vejo esse amontoado de insatisfações, de sofrimentos, de ressentimento e de uma vontade ubuesca de poder, sinto vontade de puxar o carro rapidinho, ir embora para nunca mais voltar, vim para cá para gerenciar equipes, não para demitir funcionários que nem sequer conheço, e no entanto eles só querem saber disso, reduzir a massa salarial, diminuir os encargos, só sabem falar disso, de olho na linha azul do resultado operacional, esse Rorty é grotesco, seu discurso de elogio à evolução é uma fanfarronice, a empresa como um local de predação institucionalizada, eis um bom tema para uma tese, estar do lado dos dominantes ou dos dominados, você escolhe o seu lado, camarada, todos os homens nascem e crescem livres e com direitos iguais, menos aqui, na antecâmara do lucro, OPA* na cara dos outros, fusão-aquisição de sua energia, falência de sua integridade psíquica e fisiológica, tudo dentro da mais perfeita legalidade, que caricatura, esse Rorty, e todos esses idiotas que engolem as suas palavras, bem, nem todos, alguns parecem consternados, essa pobre da Françoise Clément-Dourville está cadavérica, ela me faz lembrar aquela boa senhora tão triste amiga da mamãe que morava sozinha num castelo, acabou se suicidando, a sra. Gassendi, isso, sra. Gassendi, o mesmo queixo escondido, a mesma testa cheia de buracos, os mesmos olhos redondos afundados em órbitas cercadas de olheiras, devo ser masoquista para ficar olhando desse jeito para ela sendo que isso me revira o estômago, visivelmente ela nem sequer percebe isso, sou totalmente transparente para essa senhora, melhor assim, aproveito para observar os outros discretamente, esse De Vals, por exemplo, vejamos o seu caso, todas as análises morfopsicológicas e fisionômicas são muito claras, esse homem parece uma glande, ou um pintinho, cabecinha pelada de guerreiro dolicocéfalo pronto para atacar o seu interlocutor, crânio rural, nuca vegetal, ah, se ele soubesse o quanto o tenho em baixa conta, ele, que tem um ar tão altivo, a arrogância em pessoa, realmente não gosto desse sujeito, se eu fosse Rorty desconfiaria dele como da peste, veja só, como se devoram uns aos outros, é tão evidente, tão patético, Pujol, apertado dentro de sua pose de jovem

* Oferta Pública de Compra, na sigla em francês. (N. do T.)

executivo superior sedutor, dinâmico e motivado, pobre sujeito, me dá dó de tão caricatural, vejamos, eu sou um supercara, bonito e inteligente, estudei em escolas de prestígio, tenho um carrão e enormes responsabilidades, ou o contrário, na verdade, e ele, onde estudou, fez HEC (Faculdade de Altos Estudos Comerciais), eu acho, sim, a HEC e algum MBA de alguma disciplina nova qualquer de RH babaca e modernosa, ah, ele acaba de perceber que eu o estou observando, deve ter captado o meu olhar crítico, rápido, olhar para outra coisa, discretamente, fazer como se eu não tivesse visto que ele me viu, voltar minhas atenções para Tissier, o indescritível Tissier, limpando o nariz em plena reunião, ninguém viu, ninguém sabe de nada, como se houvesse uma parede opaca entre ele e o mundo exterior, ou como se, graças a algum gênio bondoso ou uma gentil fada de empresas, ele tivesse ficado invisível, uma gentil fada de empresas, eis uma contradição em termos, Dominique Meyer olha para ele de um modo reprovador, é realmente nojento, comporte-se, Tissier, comporte-se, primeira lição, não limpar o nariz, não peidar, não vomitar nem limpar a bunda em plena reunião, segunda lição, fazer de tudo para otimizar o seu potencial de atratividade, pronto, já fiquei enjoado, estou com vontade de vomitar, esse Tissier me dá nojo, estou dando atenção demais para a intimidade suja e a escrotidão dele, vou-me concentrar na Meyer, a fofinha, toda tristinha, ela é realmente tristinha, por que, rápido, um diagnóstico intuitivo, fechar os olhos, concentrar-me na presença dela, eu a vejo, ela volta para casa, um belo prédio do décimo quinto distrito com varandas, portão eletrônico e garagem, já é noite, ela acende a luz do corredor, coloca a bolsa e suas coisas no sofá da sala, confere as mensagens na secretária eletrônica, olha para os quadros nas paredes, como faz todas as noites, um sentimento de vazio, como em todas as noites, o marido ainda não chegou, é um executivo de empresa, um consultor de engenharia financeira, um diretor financeiro ou um advogado internacional, enfim, um quadro com alto potencial, ele só deve chegar dentro de duas horas, talvez quatro, talvez ainda esteja viajando, ela cuida da filhinha sozinha, ah, sim, ia me esquecendo, primeiro ela foi buscá-la na casa da babá dizendo que o marido está sempre para lá e para cá, nunca a escuta, não a ajuda em nada, mal olha para ela e não a toca mais, que ele talvez tenha uma amante, sim, quem sabe, um amante, ela precisava procurar mais as amigas, mas estão todas sempre tão ocupadas, conclusão, ela ganharia mais se aproximando de um homem mais novo, cheio de vigor e engraçado, vamos lá, calma, meu velho, afinal de contas você já é quase um homem casado, quatro anos de vida em comum não é qualquer coisa, qualquer coisa, é verdade, mas as curvas de Dominique Meyer também não são qualquer coisa, principalmente em comparação com as outras duas, entre a vaca da Brémont e a megera da Castaglione, não tem nenhuma comparação, Meyer pelo menos tem um aspecto mais equilibrado, suave, sensual, um pouco neurótica, mas na medida certa, normal enfim, Castaglione, ponho minha mão no fogo que é uma devoradora de homens, do tipo louca furiosa, dessas que passam o tempo querendo mostrar que você é o mais miserável dos miseráveis e que, em geral, conseguem fazê-lo, seu método é adotar um postulado que não tem como não ser comprovado, eu sou a todo-poderosa, você o todo-miserável, se eu gostar de você, atenção, quem quer que você seja, faça o que fizer, todos os seus atos responderão ao que eu quiser, sistema perverso, em que o observador não só influencia nos resultados da observação como também faz parte dela, bem, voltando à vaca-fria, uma certeza, não quero me tornar alguém tão azedo como todos eles, é o meu segundo emprego e sempre o mesmo retrato, sofrimento e ressentimento em todos os níveis, ainda dá tempo de voltar atrás, desviar de caminho, desviar, sim, mas para onde, poderia concluir a minha tese, sim, por que não, concluir a tese, enfim, na verdade seria começá-la, e fazer um pós-doutorado, é fácil, já tenho o tema, a empresa como local de predação institucionalizada, o mundo do trabalho à luz da obra de Garfinkel, a etnometodologia do escritório, eis uma ótima ideia, depois disso darei aulas, quer dizer, para dar aula preciso ser professor titular, ou pelo menos professor, trezentos candidatos por vaga, nada simples, nada simples, mas também não impossível, estaria melhor ali do que aqui, dando uma de porta-voz entre contatos comerciais ávidos por negócios e arte-finalistas sob pressão, sim, o ensino, talvez seja a solução ideal para escapar desse asilo de moribundos, solução ideal, também não precisa exagerar, ter um negócio próprio, essa seria a solução ideal, Roussel & Cia., agência de consultoria em comunicação, sim, por que não, mas aí adeus fins de semana, férias, o *dolce far niente* na cama com a minha pequena Marie-Gabrielle, não, isso não, de jeito nenhum, a vida do casal é algo sagrado, talvez eu devesse tentar o exame para a ENA (Escola Nacional de Administração), como me tinha aconselhado o Patrick, sim, por que não, me preparar para a ENA, tornar-me um alto funcionário, eis a solução para ganhar a vida com tranquilidade, ser autônomo, ter um status sem precisar sacrificar as férias e os fins de semana, poder discordar do chefe sem ser demitido por isso, na minha vez de falar Rorty me escrutava, buscava alguma falha, essa besta está sempre procurando desestabilizar os outros para reforçar o seu próprio poder, variantes básicas nas relações humanas dentro de uma empresa, dominar ou submeter-se, e para dominar todos os meios são válidos, então cuidado, perigo, em caso de divergência com o dominante, pode esperar pela demissão, não é porque fui contratado por Rorty que tenho de confiar e ser absolutamente fiel a ele, sim, a ENA é uma ótima ideia, vou me preparar para a ENA, já esta noite começo a juntar um monte de livros de história e direito, ah, não, hoje à noite tem o aniversário da Peggy, não vai ser possível, mas amanhã então, ah, não, prometi ao David ir com ele amanhã no squash, então depois de amanhã, sim, depois de amanhã começo a me preparar para o exame, talvez eu devesse ligar para o Jean-Charles, o irmão dele fez a ENA, ele tem um bom cargo no Tesouro, isso mesmo, pedir a ele algumas dicas sobre o concurso, não vou ficar apodrecendo aqui, mas também tenho de ser realista, não é porque vou me preparar para a ENA que tudo vai se arranjar como por encanto, ao contrário, enquanto espero tenho de trabalhar, ser contratado, para poder relaxar um pouco depois que terminar o período de experiência, não vou deixar o certo pelo duvidoso, abandonar a única fonte de recursos em troca de uma hipotética admissão na faculdade mais prestigiosa da França, e além disso Marie-Gabrielle é tão ansiosa, tem tanto medo de fracassar, esses problemas de dinheiro acabam com ela, nossa história ainda é frágil, também não posso jogar tudo pelos ares por causa de uma infantilidade, não tenho mais vinte anos, se me demitir saio sem nada, como faria para pagar um aluguel de mil e duzentos euros, com qual dinheiro a gente viveria, certamente não com o que ela ganha como temporária, enquanto ela não construir o nome dela, eu não terei escolha, não está sobrando emprego, especialmente quando se trata de uma salário de seis mil euros por mês, apesar de tudo tenho sorte de estar aqui, enfim, uma sorte relativa, preciso lembrar sempre disso, este lugar só será interessante se servir como ponte para outro, para o alto funcionalismo, por exemplo, ou a política, sim, por que não a política, Franck já me convidou várias vezes para ir às reuniões regionais dele, existem aí boas perspectivas, ficar aqui para sempre, nem pensar, em meio a esse ressentimento todo e a esse desprezo em relação aos outros, não quero saber de viver sempre com medo de ser demitido, como uma barata à mercê de qualquer chinelada, a empresa deve continuar como uma fase, um momento que leva a outro momento, ficar preso aqui até a aposentadoria, que inferno, tornar-me o velho, o inapto, o imprestável que os mais novos ficam empurrando cada vez mais para o canto, como essa coitada da Clément-Dourville, essa mulher parece tão infeliz, por que me atenho tanto às suas rugas, à sua tristeza, ela me faz passar mal, mas é algo mais forte do que eu, não consigo parar de olhar para ela, como quando a gente fica forçando um dente dolorido, como será a sua vida, a família, será que tem uma família, o que ela faz nas horas de folga, de uma coisa tenho certeza, eu preferia me enfiar uma bala na testa a me transformar numa pessoa como ela, tão triste, tão miserável, pronto, já estou na fossa, essa mulher destila alguma coisa terrível, dolorosa, que dor secreta, que drama interior se desenvolve nela, não sei e prefiro continuar sem saber, Alighieri, bem em frente, completamente fora, que coisa, eu nunca tinha notado como ele é completamente alucinado, sujeito estranho, parece que não está com muito prestígio neste momento, não teria ganhado muitas contas, o vilão, bem, ele pelo menos ainda tem um aspecto mais vivo, não se deixou perverter demais pelo sistema, e esse Rorty, que continua falando, seu discurso me cansa, já não escuto nada do que ele fala, não tenho mais vontade de escutá-lo, um homem energizado por uma vontade furiosa de dominar os outros homens reproduz e roteiriza até o infinito as suas fantasias miseráveis de poder absoluto em relação aos outros homens, os quais, por sua vez, só querem uma coisa, que é estar no lugar dele, e é assim que o sistema se mantém em pé, quando será que vai desmoronar, se é que vai desmoronar um dia, Rorty me faz uma pergunta, não, alarme falso, está apenas me observando, seus olhos brilham de tanta exaltação, sua gravata de bolinhas beira o mau gosto, Nietzsche, sempre Nietzsche, o apóstolo certo para catequizar os executivos predadores nesse caldo filosófico-gerencial, pessoalmente prefiro Schopenhauer, ou ainda Bergson, o querer-viver, o impulso vital, a força criadora da consciência, essas coisas são muito mais pertinentes do que essa ideia de vontade de potência, que ainda por cima está tão desgastada, e além disso existe a compaixão, um valor essencial em Schopenhauer e em Bergson, como no budismo, valor essencial em qualquer relacionamento humano, que não existe em Nietzsche, ou que até existe, mas como um antivalor, Nietzsche, de novo Nietzsche, sempre Nietzsche, por que ele não nos cita Foucault, Deleuze, Habermas ou Sloterdijk, porque não os conhece, é óbvio, porque nunca leu nada deles, ponho minha mão no fogo, esse Rorty é de uma tremenda falta de cultura, não conhece nada de filosofia, ignora tudo a respeito do mundo do pensamento, e é por isso que sempre volta a um tema derivado do senso comum mais gritante, eu deveria dizer alto e bom som, subir na mesa, colocar minhas mãos em forma de megafone e gritar que a estupidez é capaz de adquirir diversas formas, inclusive a de um agradável nietzscheniano de salão, imagino a cara do Rorty e dos demais, o que aconteceria, talvez nada, talvez todos fizessem ouvidos de mercador, e Rorty prosseguiria com suas tiradas, impassível, empresa, local contemporâneo de errância, no fundo, estamos todos aqui porque não escolhemos isso, porque a nossa vontade de potência se espatifou diante do princípio da realidade, porque não soubemos sonhar com a força suficiente para sermos futebolistas profissionais, estrelas de cinema, escritores de sucesso ou para seguirmos o nosso caminho, simplesmente, quando garoto eu queria ser palhaço, fazer palhaçada na frente das multidões, essa perspectiva gerava em mim uma alegria imensa, uma esperança desmesurada, era o meu destino, minha vocação, por que me afastei desse caminho, seria realmente o meu caminho, há um caminho preexistente ou o caminho se define à medida que avançamos, grande pergunta, única certeza, devo abandonar este aqui o mais rapidamente possível, e se eu entrasse na Justiça contra Rorty por assédio sexual, como no filme *Beleza americana*, talvez ganhasse uma soma enorme em indenizações, posso imaginar a cara do Rorty, na verdade eu não quero fazer a ENA mas sim a Escola de Circo, por que não, não seria o primeiro a recomeçar tudo do nada, não tenho filhos, nenhum compromisso inarredável, sim, isso deveria ser possível, desde que eu realmente o queira, não vou ficar em casa esperando o tempo passar, com um DVD aqui, um concerto ali, um jantar aqui, uma aula de squash ali, não devo deixar que minha vida transcorra sem mim, folgadamente, à minha revelia, não vou me aburguesar e acabar num beco sem saída, vamos lá, um pouco de fibra, meu velho, se construir o seu destino com a mesma determinação de Rorty você chega lá, concentração de energias numa mesma direção, vontade, paixão, autonomia, não estragar a minha vida, essa ideia de palhaço me agrada, a salvação, ela está aí, tudo depende de mim mesmo, sou um homem livre, a vida é longa e o futuro a mim pertence...

3. O Paraíso

Alighieri

... que alegria poder estar aqui, com vida, no meio de meus semelhantes, o céu está tão bonito e me sinto tão leve hoje, tão leve quanto uma corrente de ar sobre a Acrópole numa noite de verão, tão luminoso quanto um raio de sol sobre a Sorbonne num dia de inverno, na noite passada quase vi chegar o meu fim, e agora estou aqui, vivo, no meio das pessoas, no meio desses homens que, apesar de tudo, são meus semelhantes, meus irmãos, apesar de seus discursos constrangedores de tanta presunção, apesar de seus rostos cômicos, ridiculamente distorcidos pelo desejo de parecer isso ou aquilo, o laço que nos une é grande como o universo, oh, meus amados, castigados pela vida, queria tanto abraçar vocês, hipnotizá-los com minha felicidade, cobri-los de bem-aventuranças, mesmo você, querido Rorty, minha odiosa putinha a soldo do grande capital, meu viadinho malvado sob as ordens da máquina de fazer dinheiro, eu flutuo acima do seu discurso, eu cavalgo sobre o seu entusiasmo, o projeto de reforma do solário do décimo andar avançou muito bem, haverá uma piscina, um cantinho com restaurante e um jardinzinho de onde se poderá ver Paris inteira, os trabalhos estão quase concluídos, logo chamaremos a imprensa, os diretores de todas as filiais do mundo inteiro poderão se encontrar ali, é sensacional, é maravilhoso, a beleza comovente de Tissier, de Stoeffer, de Pujol, de Brémont, de Castaglione, de Meyer, de De Vals, de Clément-Dourville e de Roussel, que recebem a mesma informação, o projeto de reforma do solário no décimo andar avançou muito, haverá uma piscina, um cantinho com restaurante e um jardinzinho de onde se poderá ver Paris inteira, os trabalhos estão quase concluídos, logo chamaremos a imprensa, os diretores de todas as filiais do mundo inteiro poderão se encontrar ali, nós mesmos, graças à magia dessa simples evocação, passamos para lá em um milésimo de segundo, todos os onze, lá em cima, vendo toda a Paris, oh, a linguagem, o poder incomensurável do logos, oh, meu Rorty, tão belo, tão cheio de si em seu solário, pequeno Rei Sol dominando Paris, oh, Rorty querido, se você soubesse o quanto eu cago para o seu projeto de reforma do solário, mas também o quanto eu o amo, você, o mulá dos *open spaces*, o imperador da comunicação corporativa, eu o amo como a esses anjos cintilantes de azul e de luz que posso adivinhar através de você, através de vocês, estou feliz, tão feliz por estar aqui, estou feliz, tão feliz de estar vivo, as paredes se iluminam, o ar se adensa, argônio, oxigênio, nitrogênio, vocês todos são meus amigos, átomos de amor se espalham por todo o prédio, todo acontecimento me transporta, toda perspectiva me encanta e já não tenho medo de nada, nem de pegar o telefone para ligar para os meus potenciais clientes e ouvi-los dizendo que preferem outra agência, nem de ser chamado por Rorty para ficar sabendo que, sendo eu o menos produtivo da empresa, uma decisão, que não coloca em questão de modo algum a minha competência profissional, tem de ser tomada com relação a mim, que se dane se eu sair desta firma, afinal, a vida é bela, que importância teria, eu mesmo já não tinha planejado de um dia pegar um período sabático para me atualizar, para reler Eckhart, Wittgenstein, Santo Agostinho, Musil, Dostoievski, Kafka ou mudar radicalmente de profissão, pouco importa, tudo me parece igual e maravilhoso, todas as possibilidades me encantam, o céu está magnífico, nuvens o atravessam lentamente, com profundidade, majestosamente, que beleza, eu passaria a minha vida a contemplá-las, o mineral, o vegetal e o animal mais uma vez se encontram, uma festa invisível que celebra cada pulsação da realidade, o infinito é aqui, a eternidade está ao lado, tudo me parece igual e maravilhoso, até mesmo a ideia de que um dia irei morrer, relaxem, queridos, estou aqui para lhes trazer uma boa notícia, estamos todos vivos, eis a boa notícia, hoje à noite estarei com Agnès e com Marc, iremos talvez ao cinema, depois ao restaurante, e depois cada um voltará para sua casa, e depois dormiremos, e depois acordaremos para ir ao trabalho, a cabeça cheia de sonhos e de possibilidades, tudo isso é extremamente banal e no entanto me enche de uma alegria inusitada, o cotidiano mais comum deriva do mais absoluto milagre, o milagre de se saber vivo, do jeito mais estúpido possível, nessa noite eu pensei que tivesse chegado o meu fim, mas estou aqui, vivo, consigo ver com uma precisão absoluta o carro em câmera lenta, uma BMW preta de vidros escuros, ainda sinto as vibrações dos baixos, lembrando uma variação de tecno-rap extremamente grave e metálica, insinuando-se em minhas veias como um veneno com sabor de adrenalina, saíram dois homens, um gordo musculoso e um baixinho magro, estranhamente, o baixinho magro me fez pensar na minha mãe, notei o revólver no bolso do magrinho, ouvi sua bicha de merda, vamos acabar com você, quando vi que ele a apontava para mim senti meu coração disparar e meu sangue gelar, pensei em todas as pessoas que são assassinadas por motivos absurdos, pela negativa em dar um cigarro, por um olhar atravessado ou pelo simples fato de ser feio, todas essas pessoas assassinadas por nada, na rua ou no metrô, havia risos dentro do automóvel, o homem engatilhou a arma, seus traços estavam tensos, usava óculos escuros e uma jaqueta de couro, quanto mais ele mirava, mais seus traços se tensionavam e mais o medo tomava conta de mim, um medo primordial, quase animal, um sentimento vindo do início dos tempos, de espécies que eu não conhecia e que subitamente se transformou numa paz estranha, extática, como se uma outra pessoa que não fosse eu estivesse assistindo à cena, como se o eu limitado de minha vida comum tivesse se duplicado em outro eu capaz de flutuar acima dos corpos físicos e de abraçar o espaço, o tempo e a totalidade dos fenômenos num piscar de olhos, visão fugaz de uma luz de rua seguida de uma ofuscação metálica com gosto de precipício, perda de consciência e o retorno à vida com a cabeça sobre a calçada, a luz da rua novamente, ao mesmo tempo os carros, os faróis, as sinalizações de obras, as árvores, os cafés, uma sirene de polícia, ao longe, o dia chegava, um transeunte parou para me oferecer ajuda, parecia-se com Carlos, pensei em lhe perguntar se ele gostava de passear ali naquele bairro com seus amigos do showbiz, mas limitei-me a responder está tudo bem, obrigado, levantei-me e tomei a direção do apartamento, meio perdido mas vivo, comecei a caminhar, de início lentamente, depois em ritmo mais acelerado, quanto mais eu andava mais via o mundo desfilar ao meu redor em câmera lenta e a minha vida passando em alta velocidade, ternura compacta e aconchegante dos anos do maternal, a dor asfaltada das primeiras quedas de bicicleta, a alegria explosiva da aprovação no vestibular, esplendores e mistérios dos textos sagrados e dos profanos, a ascensão enevoada às alturas tibetanas, nos rastros de Alexandra David-Néel, do lado de fora, a vida prosseguia em agradáveis esquetes-retratos, a jovem de guarda-chuva levando o cachorro para passear, o homem com o saco de lixo correndo atrás do caminhão verde, o taxista buzinando e amaldiçoando todo o mundo, alguns quilômetros depois, a casa, quanto tempo eu dormi, uma hora, talvez duas, o suficiente, de qualquer modo, para ter tido esse sonho acordado saído de sei lá qual romance de iniciação ou fantástico, Hesse, Lovecraft, Castañeda ou K. Dick, depois do acontecimento alguns títulos se agitaram em minha memória, *se este mundo não o agrada, você deveria procurar outros, Ubik, com que sonham as ovelhas elétricas, a erva do diabo e a pequena fumaça, viagem a Ixtlan, histórias de poder, a força do silêncio, o lobo da estepe*, falo do acontecimento, mas de qual acontecimento, não aconteceu nada, ou só algo pequeno, quase nada a rigor, no começo uma mera impressão, sensação confusa de não estar sozinho, no meu quarto, sensação que imediatamente se transformou em certeza, eu não estava sozinho, ocorria um conciliábulo, ali mesmo, vinte ou trinta centímetros acima da minha cabeça, como se uma sala de reunião tivesse clandestinamente penetrado ali, uma sala de reunião ocupada por participantes tão invisíveis quanto barulhentos, que ideia absurda, exclamei em pleno sonho, enquanto, ao mesmo tempo, escutava-os cantarolar, assoviar, suspirar, um deles até mesmo comemorou o ponto desfocado das ginecologias-cosmologias aventurosas anunciadoras de futuros positivos, quais ginecologias-cosmologias aventurosas, eu me perguntei então, do modo mais racional do mundo, e, primeiro, quem eram esses seres tão bem informados a respeito dos desígnios da providência, fadas, duendes, *djins* ou o quê, em qual região do mundo se pode encontrá-los, como achar o caminho, será que existe um caminho, pensei imediatamente em Rudolf Steiner e sua teoria dos mundos sutis, sobreposições de dimensões povoadas por entidades invisíveis, conscientes e imemoriais, a sala de reunião desapareceu, surgindo no seu lugar um labirinto de corredores e salas escuras, numa das salas, sobre uma cômoda, emoldurada num medalhão *art nouveau*, estava o rosto de Magda, com corte de cabelo joãozinho, ela sorria para mim, o medalhão pôs-se a falar com a minha própria voz, o cabelo de Magda logo mudou, passando de joãozinho para um corte de resistente, depois mulher fatal dos anos cinquenta, depois hippie, uma faixa violeta, um amontoado todo desgrenhado, óculos redondos à moda de John Lennon, apesar de ser minha, a voz tinha aquela tranquilidade mecânica e inumana das mensagens computadorizadas, de serviços bancários, telefones celulares, jogos interativos, ela me dizia que a nossa separação não era uma coisa tão grave, afinal, eu não era o primeiro nem seria o último, eu respondia que ela estava certa, a vida não é nenhum drama, tudo acaba se acomodando, eu me choquei então com alguma coisa, no lugar dos corredores e das salas surgiu uma árvore, um carvalho solitário num descampado cheio de luz, ele estava vivo, vibrava, irradiava, e foi assim que me vi no sofá da sala, estranhamente calmo, relaxado e cheio de amor por aquele sofá, aquela sala, esta cidade, este planeta, esta galáxia, quanto valem as nossas preocupações cotidianas e nossos questionamentos mesquinhos perto dessa força que está em toda parte e em cada um de nós, quanto valem os nossos avisos de vencimentos de prazos e nossas intimações perto desse fluxo luminoso que me transporta, que também transporta Rorty, De Vals, Castaglione, Meyer, Roussel, e os outros, isso tudo é tão frágil e no entanto tão simples, meu Deus, como seus rostos patéticos remetem ao cômico, como seus ares compassivos merecem um tapa na bunda ou uma gargalhada bem na cara, queria tanto abraçá-los, acariciá-los, pegar um revólver, mirar em todos eles e atirar perto, para que possam compreender que nada é tão importante, que estamos aqui de passagem, somos seres fluidos, tão leves, até ontem eu só me lamentava, me preocupava, minha separação, minhas prospecções de novos clientes, meu lugar no futuro organograma da empresa, as fofocas, os rumores, meu prestígio estaria caindo, a perda da conta da AHG teria quebrado a confiança que Rorty começava a ter em mim, um grande corte estaria em preparação e eu faria parte dele, tudo isso me parece tão distante, tão irrisório diante do incomensurável poder do instante, precisei ter um encontro com a morte para amar a vida, isso me lembra um filme, sim, claro, *A vida é bela*, de Capra, a história de um advogado cheio de problemas e dívidas que pede para um anjo lhe dar o poder de ser invisível, o anjo atende ao seu pedido, mas a única coisa que o homem faz é ficar passando nos lugares que conhecera antes, vendo as pessoas com quem conversara, ele as vê, procura desesperadamente falar com elas, mas ninguém o escuta, de repente, os problemas que o torturavam começam a lhe parecer infinitamente mais desejáveis do que aquela solidão sem fim, sim, é isso, eu me lembro bem, o homem pede ao anjo então que o faça voltar ao normal e tudo acaba bem, uma parábola sobre a graça e a vontade de viver, mesmo que a morte e o caos estejam em toda parte, mesmo que a existência seja uma ilha encantada no meio de um oceano bravio, nada nem ninguém poderá impedir que AQUILO um dia ocorra, neste planeta, este planeta acolhedor e tão generoso de que somos apenas locatários, não nos esqueçamos disso, nunca devemos esquecer-nos disso, este planeta envolvido em glória e pleno de mistérios, oh, meus adoráveis duendes da empresa, rompamos o austero torpor dos espaços confinados para reencontrar a alegria escondida em cada um de vocês, as forças do espírito que pulsam a todo momento, mas que vocês não ouvem, ensurdecidos que estão pelos sons das preocupações, oh, Tissier, vejo você, Tissier choramingando, Tissier pequenino, cuco, e Rorty bebê, cuco, cuco, minha putinha Castaglione, amo você acima de qualquer coisa, oh, eles são tão fofinhos quando me medem de alto a baixo dali do alto de sua arrogância ignorando a beleza do mundo, abram os olhos, meus amigos, abram os olhos para o milagre da noite, a fatalidade se inverteu e a morte se transformou em vida, quem eram aqueles caras, de onde vieram, tinham intenção de me matar ou tudo não passava de um blefe, um teatro para eles se divertirem, e no caso da primeira hipótese, devo minha vida à aproximação da polícia ou, o que é sem dúvida mais plausível, a um problema técnico idiota de carregador vazio e de um revólver quebrado, pouco importa a resposta, o essencial é que estou aqui, no mundo, consciente e feliz, e Rorty continua a se deleitar com seu projeto de solário com vista para toda a Paris, será um local ideal para trazer os clientes, e essa galinha da Castaglione que só o lisonjeia e concorda com o tudo o que ele diz, é o maior projeto da empresa, será sensacional para trazer clientes, antigos e em potencial, jornalistas, artistas, executivos de empresas, políticos, será sensacional para os cafés da manhã de ideias, Rorty concorda, um sorriso se forma nos seus lábios, tenho a sensação de que também sorrio, impressão que se transforma rapidamente em certeza, estou sorrindo, estou sorrindo para Rorty, Rorty, surpreso, sorri para mim também, a não ser que continue sorrindo por algum outro motivo que não tenha nada a ver com o meu sorriso, pouco importa, sorrio para Rorty, que sorri para mim, Rorty me observa novamente, parece surpreso, quase desestabilizado, Castaglione me observa, também parece surpresa, ela me espreita, e espreita os gestos de Rorty, essa mulher é uma vestal, Rorty é o seu deus, um deus que ela logo irá destruir e imolar em homenagem a Thanatos, pobre Rorty, querido, você é a Vênus amarrada à sua presa, a mariposa voando em direção à lâmpada mortal, o cordeiro imaculado balindo diante do lobo carniceiro, o destino está à sua espera, você avança na direção dela assobiando, convencido de sua força e inconsciente quanto ao perigo que ela representa para você, pobre, pobre Rorty, querido, meu belo fauno com nádegas de recém-nascido, queria lhe passar aquilo que qualquer reportagem sobre animais ensinaria, os predadores maiores acabam sempre devorados, vejo vocês dois enlaçados num quarto de paredes cor de sangue, histórias de poder, brigas, enfrentamentos, haverá apenas um vencedor, e não será você, tenho certeza, não há nenhuma dúvida, eu leio o futuro com a mesma facilidade que o presente, o passado ou o espaço ao meu redor, dentro de uma semana, talvez duas, Castaglione irá convidar você para ir à casa dela, um apartamento elegante no décimo sexto distrito com vista para a Torre Eiffel, você, guiado tão somente pelo desejo, aceitará, e rapidamente sucumbirá ao mistério dela e se deixará engolfar, o macho dominante ficará tão minúsculo quanto o espermatozoide que ele um dia foi, o retorno à noite da indistinção, a beleza do gesto primordial, eu continuo sorrindo, Rorty não sorri mais...

(13 horas: o presidente encerra a sessão)

Este livro foi impresso na Editora JPA Ltda.
Av. Brasil, 10.600 – Rio de Janeiro – RJ
para a Editora Rocco Ltda.